Federico García Lorca

Ausgewählte Theaterstücke

Bluthochzeit
Yerma
Das Publikum
Komödie ohne Titel

Aus dem Spanischen übertragen
von Enrique Beck
und Rudolf Wittkopf

Insel Verlag

Originaltitel: *Bodas de sangre; Yerma; El público; Comedia sin título*

Erste Auflage dieser Ausgabe 1991

Druck: Nomos Verlagsgesellschaft, Baden-Baden
Printed in Germany

Bluthochzeit

Lyrische Tragödie in drei Akten
und sieben Bildern
Aus dem Spanischen übertragen
von Enrique Beck

Personen

DIE MUTTER
DIE BRAUT
DIE SCHWIEGERMUTTER
DIE FRAU LEONARDOS
DIE MAGD
DIE NACHBARIN
DAS KLEINE MÄDCHEN (KIND)
NACHBARINNEN
LEONARDO
DER BRÄUTIGAM
DER VATER DER BRAUT
DER MOND
DER TOD (ALS BETTLERIN)
BURSCHEN
HOLZFÄLLER
GÄSTE

ERSTER AKT
ERSTES BILD

Gelb gestrichener Wohnraum

BRÄUTIGAM *tritt ein:* Mutter.
MUTTER Was?
BRÄUTIGAM Ich gehe.
MUTTER Wohin?
BRÄUTIGAM In den Weinberg.
Schickt sich an zu gehen.
MUTTER Warte.
BRÄUTIGAM Willst du etwas?
MUTTER Das Frühstück, Junge.
BRÄUTIGAM Laß nur. Ich werde Trauben essen. Gib mir das Messer.
MUTTER Zu was?
BRÄUTIGAM *lachend:* Um sie zu schneiden.
MUTTER *verbissen murmelnd und suchend:* Das Messer... Das Messer... Verflucht seien alle Messer und der Bube, der sie erfand.
BRÄUTIGAM Denkst du immer nur daran?
MUTTER Und die Flinten und die Pistolen und das kleinste Messer und selbst die Hacken und Forken.
BRÄUTIGAM Schon gut.
MUTTER Alles, was den Körper eines Mannes zerfetzen kann. Ein schöner Mann, die Blume im Munde, der in die Weinberge geht oder zu seinen Olivenbäumen, seinen eigenen, ererbten Olivenbäumen.

BRÄUTIGAM *senkt den Kopf:* Schweig doch.

MUTTER ... und dieser Mann kommt nicht wieder. Oder wenn er wiederkommt, nur darum, daß man einen Palmzweig auf ihn lege oder eine Schüssel mit grobem Salz, damit er nicht aufquillt. Ich verstehe nicht, daß du dich unterstehst, ein Messer zu tragen, noch daß ich die Schlange im Kasten dulde.

BRÄUTIGAM Ist es jetzt genug?

MUTTER Und wenn ich hundert Jahre lebte, würde ich von nichts andrem sprechen. Erst dein Vater. Er roch wie eine Nelke, und ich genoß ihn drei kurze Jahre. Dann dein Bruder. Ist das in der Ordnung, darf das sein, daß so ein kleines Ding wie eine Pistole oder ein Messer einen Mann umbringen kann, der wie ein Stier ist? Ich werde nie schweigen. Die Monate vergehen, und die Verzweiflung brennt mir in den Augen und quält mich bis in die Haarspitzen.

BRÄUTIGAM *heftig:* Willst du endlich aufhören?

MUTTER Nein. Ich will nicht aufhören. Kann mir jemand deinen Vater wiedergeben? Und deinen Bruder? Und dann das Zuchthaus. Was ist ein Zuchthaus? Da essen sie, da rauchen sie, da spielen sie Gitarre! Und aus meinen Toten wächst Unkraut, sie sind stumm, Staub – zwei Männer wie Geranien... Und die Mörder – im Zuchthaus – frisch... sehen die Berge...

BRÄUTIGAM Soll ich sie etwa erschlagen?

MUTTER Nein... Ich spreche nur, weil... Könnte ich schweigen, wenn ich dich durch diese Tür gehen sehe? Ich mag nicht, daß du ein Messer trägst. Ich... ich möchte nicht, daß du aufs Feld gehst.

BRÄUTIGAM *lachend:* Aber Mutter!

MUTTER Ich wünschte, du wärest eine Frau. Dann würdest

du jetzt nicht zum Flusse gehen, und wir beide bestickten Borten und wollene Hündchen.

BRÄUTIGAM *nimmt seine Mutter am Arm und lacht:* Und wenn ich dich in die Weinberge mitnähme, Mutter?

MUTTER Was hat eine Alte in den Weinbergen zu suchen? Würdest du mich unter die Reben legen?

BRÄUTIGAM *hebt sie in die Höhe:* Alte, liebe Alte, allerliebste Alte!

MUTTER Dein Vater nahm mich mit. Das ist gute Art. Blut. Dein Großvater ließ an jeder Ecke ein Kind. Das gefällt mir. Die Männer – Männer; der Weizen – Weizen.

BRÄUTIGAM Und ich, Mutter?

MUTTER Du – was?

BRÄUTIGAM Muß ich es dir noch einmal sagen?

MUTTER *ernst:* Ach so.

BRÄUTIGAM Hältst du es für schlecht?

MUTTER Nein.

BRÄUTIGAM Also...?

MUTTER Ich weiß es selbst nicht. So... so plötzlich... überrascht es mich immer. Das Mädchen ist gut, nicht wahr? Anständig. Fleißig. Backt ihr Brot und näht ihre Kleider; trotzdem – wenn ich ihren Namen ausspreche, empfinde ich etwas wie einen Steinwurf an die Stirn.

BRÄUTIGAM Torheiten.

MUTTER Mehr als Torheiten... Ich werde allein sein. Nur du bist mir geblieben, und es tut mir weh, daß du gehst.

BRÄUTIGAM Aber du wirst doch zu uns ziehen.

MUTTER Nein. Ich kann deinen Vater und deinen Bruder hier nicht verlassen. Ich muß jeden Morgen zu ihnen gehen, und wenn ich fortziehe, könnte einer von den Félix, einer von der Mördersippschaft, sterben und an ihrer Seite beerdigt werden. Nein, nur das nicht! Niemals! Mit den

Fingernägeln würde ich sie ausscharren, und ich, ganz allein, würde sie gegen die Friedhofsmauer schmettern!

BRÄUTIGAM *erregt:* Schon wieder!

MUTTER Verzeih! *Pause.* Seit wann hast du Beziehungen zu ihr?

BRÄUTIGAM Seit drei Jahren. Ich habe bereits den Weinberg kaufen können.

MUTTER Seit drei Jahren. Hatte sie nicht schon einmal einen Bräutigam?

BRÄUTIGAM Ich weiß nicht. Ich glaube nicht. Die Mädchen müssen sich ihre Männer ansehen, bevor sie sie heiraten.

MUTTER Gewiß. Ich habe niemand angesehen. Ich habe deinen Vater angesehen; und als sie ihn ermordeten, habe ich die Wand angesehen. Eine Frau – ein Mann – und weiter nichts.

BRÄUTIGAM Du weißt, daß meine Braut gut ist.

MUTTER Ich zweifle nicht daran. Doch tut es mir leid, daß ich nicht weiß, wie ihre Mutter war.

BRÄUTIGAM Ist das nicht einerlei?

MUTTER *sieht ihn an:* Junge.

BRÄUTIGAM Was willst du?

MUTTER Gut. Du hast recht. Wann soll ich für dich um sie anhalten?

BRÄUTIGAM *froh:* Ist es dir Sonntag genehm?

MUTTER *ernst:* Ich werde ihr die Messingohrringe mitbringen. Sie sind antik. Und du kaufst ihr...

BRÄUTIGAM Das verstehst du besser...

MUTTER Du kaufst ihr durchbrochene Strümpfe und für dich zwei Anzüge... Drei! Denn ich habe nur noch dich!

BRÄUTIGAM Ich gehe jetzt. Morgen werde ich sie besuchen.

MUTTER Ja, gut; und vielleicht beglückst du mich mit sechs Kindern... oder soviel du willst... Dein Vater hatte keine Zeit mehr, sie mir zu machen...

BRÄUTIGAM Der erste Junge ist für dich.

MUTTER Vergiß die Mädchen nicht. Denn ich will sticken und Spitzen klöppeln und in Ruhe leben.

BRÄUTIGAM Du wirst meine Braut sicher gern haben.

MUTTER Sicher. *Sie will ihn küssen, besinnt sich aber.* Geh, jetzt bist du zu groß für Küsse. Du wirst sie deiner Frau geben. *Pause.*

Für sich: Wenn sie deine Frau ist.

BRÄUTIGAM Ich gehe nun.

MUTTER Grab das Stück bei der Ölmühle gut um; du hast es vernachlässigt.

BRÄUTIGAM Verlaß dich darauf.

MUTTER Mit Gott! *Der Bräutigam geht.*

Die Mutter bleibt mit dem Rücken zur Tür sitzen. In der Tür erscheint eine Nachbarin, dunkel gekleidet, mit Kopftuch. Komm herein.

NACHBARIN Wie geht es dir?

MUTTER Wie es so geht.

NACHBARIN Ich war beim Kaufmann und wollte dich einmal besuchen. Wir wohnen so weit.

MUTTER Ich bin seit zwanzig Jahren nicht mehr die Straße hinaufgegangen.

NACHBARIN Du hast es gut.

MUTTER Glaubst du?

NACHBARIN Was nicht alles vorkommt...! Vor zwei Tagen brachten sie den Sohn meiner Nachbarin. Beide Arme von der Maschine abgerissen. *Setzt sich.*

MUTTER Raphael?

NACHBARIN Ja. Und da liegt er nun. Ich muß oft daran denken, daß dein Sohn und meiner eigentlich besser da sind, wo sie sind – schlafend, ruhend und nicht in Gefahr, unnütze Krüppel zu werden.

MUTTER Schweig. Das alles ist Hirngespinst – aber kein Trost.

NACHBARIN Ach.

MUTTER Ach. *Pause.*

NACHBARIN *bedrückt:* Und dein Sohn?

MUTTER Ist eben fortgegangen.

NACHBARIN Er hat doch den Weinberg gekauft!

MUTTER Er hat Glück gehabt.

NACHBARIN Und nun wird er heiraten.

MUTTER *wie erwachend, rückt ihren Stuhl an den der Nachbarin:* Höre.

NACHBARIN *in vertraulicher Haltung:* Nun?

MUTTER Du kennst die Braut meines Sohnes?

NACHBARIN Ein braves Mädchen.

MUTTER Gewiß, aber...

NACHBARIN Aber niemand kennt sie genau. Sie lebt mit ihrem Vater, ganz allein, sehr weit, drüben, zehn Meilen vom nächsten Haus. Aber sie ist gut. An Einsamkeit gewöhnt.

MUTTER Und ihre Mutter?

NACHBARIN Ich habe ihre Mutter gekannt. Eine Schönheit. Ihr Gesicht strahlte wie das eines Heiligen; doch ich mochte sie nie. Sie hat ihren Mann nicht geliebt.

MUTTER *heftig:* Was die Leute nicht alles wissen!

NACHBARIN Entschuldige. Ich wollte dich nicht kränken; aber es ist so. Indessen – ob sie zurückhaltend war oder nicht, weiß niemand. Sie war stolz.

MUTTER Immer dasselbe!

NACHBARIN Du hast mich gefragt.

MUTTER Ich wünsche, daß keiner etwas von der Toten oder Lebenden wissen möge. Sie sollen wie zwei Disteln sein, von denen man nicht spricht, und die stechen, wenn es soweit ist.

NACHBARIN Du hast recht. Dein Sohn ist ein prachtvoller Mensch.

MUTTER Er ist tüchtig. Darum wache ich über ihn. Man hat mir gesagt, das Mädchen sei schon einmal, vor Jahren, verlobt gewesen.

NACHBARIN Sie war damals etwa fünfzehn Jahre. Er heiratete vor zwei Jahren eine ihrer Kusinen. Übrigens erinnert sich niemand mehr dieser Verlobung.

MUTTER Und warum erinnerst du dich?

NACHBARIN Du stellst Fragen...!

MUTTER Jeder möchte wissen, wo ihn der Schuh drückt. Wer war der Bräutigam?

NACHBARIN Leonardo.

MUTTER Was für ein Leonardo?

NACHBARIN Leonardo Félix.

MUTTER *steht auf:* Félix!

NACHBARIN Aber – welche Schuld trifft Leonardo? Er war erst acht Jahre alt, als das damals geschah.

MUTTER Das ist wahr... Aber ich höre ›Félix‹, und das Vergangene steigt in mir auf. *Knirschend:* Félix... und der Mund füllt sich mir mit Schlamm *(spuckt aus)*, und ich muß ausspeien, um nicht zu morden.

NACHBARIN Beherrsche dich. Was hilft dir das?

MUTTER Nichts. Aber du wirst es verstehen.

NACHBARIN Widersetze dich nicht dem Glück deines Sohnes. Sag ihm nichts. Du bist alt. Ich auch. Wir müssen schweigen.

MUTTER Ich werde ihm nichts sagen.

NACHBARIN *küßt sie:* Nichts.

MUTTER *gefaßt:* Diese Dinge...!

NACHBARIN Ich muß gehen. Meine Leute kommen bald vom Felde.

MUTTER Hast du einen so heißen Tag je erlebt?

NACHBARIN Die Kinder, die den Schnittern das Wasser brachten, waren ganz verbrannt. Leb wohl. *Ab.*

MUTTER Leb wohl! *Die Mutter geht auf die linke Tür zu, bleibt auf halbem Wege stehen und bekreuzigt sich langsam.*

Vorhang

Zweites Bild

Rosa gestrichenes Zimmer, Kupfergerät, Feldblumensträuße. In der Mitte Tisch mit Decke. Es ist Morgen. Leonardos Schwiegermutter mit einem Kind auf den Armen. Sie wiegt es. Die Frau, in der andren Ecke, strickt Strümpfe.

SCHWIEGERMUTTER

Träume, Kindchen, träume,
träume vom großen Falben,
der vor dem Wasser sich scheute.
Zwischen den hängenden Zweigen
flutete schwarz das Wasser.
Als es die Brücke erblickte,
hält es sich auf und singt.
Wer kann dir sagen, mein Kindchen,
was denn das Wässerchen hat,
das mit der langen Schleppe
rauscht durch den grünen Saal!

FRAU *leise:*

Schlafe, Nelkelein, schlafe,
sonst will der Falbe nicht trinken.

SCHWIEGERMUTTER Schlafe, Röselein, schlafe,
sonst wird der Falbe noch weinen.
Die Füße von Wunden gerötet,
die Mähne von Reif überfroren,
einen silbernen Dolch in den Augen.
Sie liefen hinab zum Flusse.
Ach, wie sie liefen zum Flusse!
Das Blut entströmte ihm stärker
als das Wasser die Auen durcheilt.

FRAU
Schlafe, Nelkelein, schlafe,
sonst wird der Falbe nicht trinken.

SCHWIEGERMUTTER
Schlafe, Röselein, schlafe,
sonst wird der Falbe noch weinen.

FRAU
Seine heiße samtige Lippe
mit den weichen silbernen Härchen
verschmähte das feuchte Ufer.
Nur zu den harten Bergen
wendet er wiehernd den Kopf.
Doch erfriert ihm der Ton in der Kehle.
Ach, Falbe, du Wasser verschmähender
Falbe! Ach, schneeiger Schmerz,
Falbe des dämmernden Morgens!

SCHWIEGERMUTTER
Geh fort! Bleibe dort und beschatte
das Fenster mit Zweigen von Träumen,
schließ es mit Träumen von Zweigen.

FRAU
Mein Kindchen, mein Kindchen schläft ein.

SCHWIEGERMUTTER
Mein Kindchen, mein Kindchen ist still.

FRAU

Falbe, mein Kind hat ein Kissen.

SCHWIEGERMUTTER

Eine stahlgeschmiedete Wiege.

FRAU

Leinenlaken aus Holland.

SCHWIEGERMUTTER

Träume, Kindchen, träume.

FRAU

Ach, Falbe, du großer Falbe,
der du das Wasser verschmähtest.

SCHWIEGERMUTTER

Geh fort! Bleibe draußen und lauf
in die Berge, durch grauende Täler,
wo die nächtige Mähre trabt.

FRAU *das Kind betrachtend:*

Mein Kindchen, mein Kindchen schläft ein.

SCHWIEGERMUTTER

Mein Kindchen, mein Kindchen ruht aus.

FRAU *sehr leise:*

Schlafe, Nelkelein, schlafe,
sonst will der Falbe nicht trinken.

SCHWIEGERMUTTER *steht auf, sehr leise:*

Schlafe, Röselein, schlafe,
sonst wird der Falbe noch weinen.

Sie bringen das Kind hinein. Leonardo kommt.

LEONARDO Und das Kind?

FRAU Es schläft schon.

LEONARDO Gestern war ihm nicht wohl. Es hat nachts geweint.

FRAU *fröhlich:* Heute ist es wie eine Dahlie. Und du? Warst du beim Hufschmied?

LEONARDO Da komme ich her. Soll man es für möglich halten? Seit zwei Monaten lasse ich das Pferd immer wieder beschlagen – aber fortwährend verliert es seine Hufeisen. Anscheinend reißt es sie sich an den Steinen ab.

FRAU Vielleicht weil du es so oft benützt?

LEONARDO Nein. Ich beanspruche es fast gar nicht.

FRAU Gestern sagten mir die Nachbarinnen, sie hätten dich am Ende der Ebene gesehen.

LEONARDO Wer hat das gesagt?

FRAU Die Frauen, die die Kapern pflücken. Ich war sehr erstaunt. Bist du dort gewesen?

LEONARDO Nein. Was hätte ich wohl in dem Ödland zu tun?

FRAU Das sagte ich auch. Aber das Pferd triefte von Schweiß.

LEONARDO Hast du das gesehen?

FRAU Nein; meine Mutter.

LEONARDO Ist sie beim Kind?

FRAU Ja. Willst du eine Limonade?

LEONARDO Mit recht kaltem Wasser.

FRAU Du bist ja nicht mal zum Essen gekommen…!…

LEONARDO Ich war mit den Kornaufkäufern zusammen. Das hält auf.

FRAU *bereitet die Limonade, sehr sanft:* Und zahlen sie gut?

LEONARDO Gerade den Preis.

FRAU Ich müßte ein Kleid haben und das Kind eine Mütze mit Bändern.

LEONARDO *steht auf:* Ich will nach ihm sehen.

FRAU Sei vorsichtig, es schläft.

SCHWIEGERMUTTER *tritt ein:* Sag – wer macht mit dem Pferde Wettrennen? Es liegt unten mit aufgerissenen Augen, als käme das Ende der Welt.

LEONARDO *scharf:* Ich.

SCHWIEGERMUTTER Entschuldige. Es ist deines.

FRAU *schüchtern:* Er war mit den Kornaufkäufern zusammen.

SCHWIEGERMUTTER Meinetwegen krepiert es. *Setzt sich. Pause.*

FRAU Die Limonade. Ist sie kalt genug?

LEONARDO Ja.

FRAU Weißt du, daß man um die Hand meiner Kusine anhalten wird?

LEONARDO Wann?

FRAU Morgen. Die Hochzeit soll in einem Monat sein. Hoffentlich wird man auch uns einladen.

LEONARDO *ernst:* Ich weiß nicht.

SCHWIEGERMUTTER Man sagt, seine Mutter war mit dieser Heirat nicht sehr einverstanden.

LEONARDO Vielleicht hat sie recht. Man muß sich vor ihr in acht nehmen.

FRAU Es mißfällt mir, daß ihr schlecht von einem anständigen Mädchen denkt.

SCHWIEGERMUTTER *stichelnd:* Aber er sagt es doch, weil er sie kennt. Weißt du nicht, daß sie drei Jahre lang seine Braut war?

LEONARDO Aber ich gab sie auf. *Zu seiner Frau:* Du weinst jetzt? Weg! *Reißt ihr brüsk die Hände vom Gesicht.* Wir wollen zum Kind gehen. *Sie gehen umarmt hinein. Ein Mädchen läuft lustig ins Zimmer.*

MÄDCHEN Frau!

SCHWIEGERMUTTER Was gibt es?

MÄDCHEN Der Bräutigam war im Laden und hat das Beste gekauft, das da war.

SCHWIEGERMUTTER Allein?

MÄDCHEN Nein, mit seiner Mutter. Ernst, groß. *Ahmt sie nach.* Aber ein Luxus...!

SCHWIEGERMUTTER Sie haben Geld.

MÄDCHEN Und durchbrochene Strümpfe haben sie gekauft! Ach, was für Strümpfe! Strümpfe, wie sie eine Frau nur im Traum sieht! Schauen Sie: Eine Schwalbe hier *(zeigt auf den Knöchel)*, hier ein Schiff *(zeigt auf die Wade)* und hier eine Rose *(zeigt auf den Schenkel)*.

SCHWIEGERMUTTER Mädchen!

MÄDCHEN Eine Rose mit Stempel und Stiel! Ach, alles aus Seide!

SCHWIEGERMUTTER Zwei hübsche Vermögen legen sich da zusammen! *Leonardo und Frau kommen.*

MÄDCHEN Ich erzähle euch eben, was sie kaufen.

LEONARDO *barsch:* Das interessiert uns nicht.

FRAU Laß sie doch.

SCHWIEGERMUTTER Leonardo, das ist doch nicht so wichtig.

MÄDCHEN Entschuldigen Sie. *Weinend ab.*

SCHWIEGERMUTTER Mußt du dich mit den Leuten überwerfen?

LEONARDO Ich habe dich nicht um deine Meinung gebeten.

SCHWIEGERMUTTER Auch recht.

Pause.

FRAU *zu Leonardo:* Was fehlt dir? Was spukt dir im Kopf? Laß mich nicht so allein, ohne mir etwas zu sagen...

LEONARDO Mund zu!

FRAU Nein. Du sollst mich ansehen und es mir sagen.

LEONARDO *steht auf:* Schweig.

FRAU Wohin gehst du, Liebster?

LEONARDO *schneidend:* Wirst du schweigen?

SCHWIEGERMUTTER *energisch zu ihrer Tochter:* Schweig!

Leonardo ab. Das Kind! *Sie geht hinaus und kommt mit dem Kind auf den Armen zurück. Die Frau ist unbeweglich stehengeblieben.*

Die Füße von Wunden gerötet,
die Mähne von Reif überfroren,
einen silbernen Dolch in den Augen.
Sie liefen hinab zum Flusse.
Ach, wie sie liefen zum Flusse!
Das Blut entströmte ihm stärker
als das Wasser die Auen durcheilt.

FRAU *dreht sich langsam um, wie träumend:*
Schlafe, Nelkelein, schlafe,
denn jetzt will der Falbe trinken.

SCHWIEGERMUTTER
Schlafe, Röselein, schlafe,
denn jetzt wird der Falbe weinen.

FRAU
Träume, Kindchen, träume.

SCHWIEGERMUTTER
Ach, Falbe, du großer Falbe,
der du das Wasser verschmähtest.

FRAU *dramatisch:*
Geh fort! Bleibe draußen und lauf
in die Berge, durch grauende Täler!
Ach, schneeiger Schmerz, ach, Falbe,
Falbe des dämmernden Morgens!

SCHWIEGERMUTTER *weinend:*
Mein Kindchen, mein Kindchen schläft ein…

FRAU *weinend, nähert sich langsam:*
Mein Kindchen, mein Kindchen ruht aus…

SCHWIEGERMUTTER
Schlafe, Nelklein, schlaf ein,
sonst wird der Falbe nicht trinken.

FRAU *weinend, stützt sich auf den Tisch:*
Schlafe, Röslein, schlaf ein,
sonst wird der Falbe noch weinen.

Vorhang

DRITTES BILD

Inneres der in den Berg gehauenen Behausung der Braut. Im Hintergrund ein Kreuz aus großen rosa Blumen. Rundbogige Türen mit Spitzenvorhängen und rosa Schleifen. An den Wänden aus hartem weißem Material runde Fächer, blaue Krüge, kleine Spiegel.

MAGD *sehr servil, mit geheuchelter Bescheidenheit:* Treten sie ein... *Der Bräutigam und seine Mutter treten ein. Die Mutter trägt ein schwarzes Atlaskleid und Spitzenmantille. Der Bräutigam in schwarzem Samtanzug mit großer goldener Kette.*
Wollen Sie sich bitte setzen? Man kommt sogleich. *Magd ab.*
Mutter und Sohn sitzen unbeweglich wie Statuen.
Lange Pause.
MUTTER Hast du die Uhr?
BRÄUTIGAM Ja. *Zieht sie heraus und betrachtet sie.*
MUTTER Wir müssen zeitig zurück. Wie weit diese Leute wohnen!
BRÄUTIGAM Aber das Land ist gut.
MUTTER Gut, aber zu einsam. Vier Stunden Weg und kein Haus und kein Baum.
BRÄUTIGAM Das ist Ödland.
MUTTER Dein Vater hätte es mit Bäumen bedeckt.

BRÄUTIGAM Ohne Wasser?

MUTTER Er hätte es gesucht. In den drei Jahren, die er mit mir verheiratet war, pflanzte er zehn Kirschbäume. *Sinnend.* Die drei Nußbäume bei der Mühle, einen großen Weinberg und eine Pflanze, die Juppiter* heißt, rote Blüten treibt und die nun verdorrt ist. *Pause.*

BRÄUTIGAM *spielt auf die Braut an:* Sie wird sich gerade ankleiden. *Der Vater der Braut tritt ein. Er ist alt, mit weißem schimmerndem Haar. Hält den Kopf geneigt. Der Bräutigam und die Mutter erheben sich. Man gibt sich schweigend die Hände.*

VATER Einen langen Weg gehabt?

MUTTER Vier Stunden. *Man setzt sich.*

VATER Dann seid ihr auf dem längsten Weg gekommen.

MUTTER Ich bin schon zu alt, um über die Flußbettschroffen zu klettern.

BRÄUTIGAM Sie wird matt davon. *Pause.*

VATER Eine gute Spartoernte diesmal.

BRÄUTIGAM Wirklich gut.

VATER Zu meiner Zeit brachte diese Erde nicht einmal Sparto hervor. Man mußte sie züchtigen, sie mit Tränen begießen, bis sie einmal etwas Nützliches hergab.

MUTTER Aber jetzt gibt sie. Klag nicht. Ich komme nicht, um etwas von dir zu verlangen.

VATER *lächelnd:* Du bist reicher als ich. Die Weinberge sind ein Kapital. Jeder Rebstock ein Silberstück. Ich bedauere nur, daß die Äcker… verstehst du?… getrennt sind. Ich liebe alles zusammen. Einen Stachel habe ich im Herzen, und das ist das Gärtchen da, zwischen meinen Feldern, das sie mir um alles Gold in der Welt nicht verkaufen wollen.

* Donnerwurz.

BRÄUTIGAM Immer dasselbe.

VATER Wenn wir mit zwanzig Paar Ochsen deine Weinberge hierher bringen und an den Berghang stellen könnten! Das wäre eine Freude!

MUTTER Warum?

VATER Das Meine gehört ihr und das Deine ihm. Darum. Um alles zusammen zu sehen; denn alles zusammen ist eine Pracht.

BRÄUTIGAM Und machte weniger Arbeit.

MUTTER Wenn ich sterbe, verkauft ihr unser Land und kauft euch hier an.

VATER Verkaufen, verkaufen! Bah! Kaufen, meine Liebe, alles kaufen! Wenn ich Söhne gehabt hätte, würde ich diesen ganzen Berg gekauft haben bis zur Flußseite. Es ist kein guter Boden; aber mit kräftigen Armen macht man ihn gut, und da kaum einer hier vorbeikommt, werden die Früchte nicht gestohlen, und man kann ruhig schlafen.

Pause.

MUTTER Du weißt, warum ich komme.

VATER Ja.

MUTTER Nun?

VATER Sie haben es schon besprochen.

MUTTER Mein Sohn ist jemand und kann etwas.

VATER Meine Tochter auch.

MUTTER Mein Sohn ist stattlich. Er hat noch keine Frau berührt. Seine Ehre ist reiner als ein Bettuch auf der Bleiche.

VATER Das sage ich dir auch von meiner Tochter. Sie backt das Brot um drei Uhr, wenn der Morgenstern noch leuchtet. Sie schwatzt nie; sie ist sanft und weich wie Wolle, stickt alle Arten von Stickerei und kann einen Hanfstrick mit den Zähnen durchbeißen.

MUTTER Gott segne ihr Heim.

VATER Gott segne es. *Die Magd erscheint mit zwei Tabletts. Auf dem einen sind Becher, auf dem andren Süßigkeiten.*

MUTTER *zum Bräutigam:* Wann soll die Hochzeit sein?

BRÄUTIGAM Nächsten Donnerstag.

VATER An dem Tag wird sie zweiundzwanzig Jahre alt.

MUTTER Zweiundzwanzig Jahre! So alt wäre mein ältester Sohn, wenn er noch lebte. Und wie würde er leben, feurig und männlich wie er war, wenn die Menschen nicht die Messer erfunden hätten!

VATER Daran solltest du nicht denken.

MUTTER Jede Minute. Überleg dir das einmal selbst.

VATER Also am Donnerstag. Abgemacht?

BRÄUTIGAM Abgemacht.

VATER Das Brautpaar und wir fahren im Wagen zur Kirche, die sehr weit entfernt ist, und die Gäste nehmen ihre Gefährte und Pferde.

MUTTER Einverstanden. *Magd geht vorbei.*

VATER *zur Magd:* Sag ihr, daß sie jetzt kommen kann. *Zur Mutter:* Ich hoffe sehr, daß sie dir gefällt. *Braut kommt. Sie läßt die Hände herabhangen, in bescheidener Haltung mit geneigtem Kopf.*

MUTTER Komm her. Bist du glücklich?

BRAUT Ja.

VATER Du mußt nicht so ernst sein. Schließlich wird sie doch deine Mutter.

BRAUT Ich bin glücklich. Ich habe das Jawort gegeben, weil ich es geben wollte.

MUTTER Natürlich. *Faßt ihre Kinnspitze.* Sieh mich an.

VATER Sie gleicht meiner Frau.

MUTTER So? Eine Schönheit? Weißt du, was heiraten heißt, Geschöpf?

BRAUT *ernst:* Ich weiß.

MUTTER Ein Mann – Kinder – und für alles übrige eine zwei Ellen dicke Wand.

BRÄUTIGAM Weiter nichts?

MUTTER Nein. Alle sollen leben! Das: leben!

BRAUT Ich werde Wort zu halten wissen.

MUTTER Hier hast du ein paar Geschenke.

BRAUT Danke.

VATER Nehmen wir nichts zu uns?

MUTTER Ich nicht. *Zum Bräutigam:* Und du?

BRÄUTIGAM Ich ja. *Nimmt eine der Süßigkeiten. Braut ebenfalls.*

VATER *zum Bräutigam:* Wein?

MUTTER Er trinkt nicht.

VATER Um so besser.

Pause. Alle stehen.

BRÄUTIGAM *zur Braut:* Ich komme morgen.

BRAUT Wann?

BRÄUTIGAM Um fünf.

BRAUT Ich erwarte dich.

BRÄUTIGAM Wenn ich von dir gehe, fühle ich einen heftigen Riß und etwas wie einen Knoten in der Kehle.

BRAUT Wenn du mein Mann bist, wirst du ihn nicht mehr spüren.

BRÄUTIGAM Das denke auch ich.

MUTTER Gehen wir. Die Sonne wartet nicht. *Zum Vater:* Sind wir ganz einig?

VATER Vollkommen.

MUTTER *zur Magd:* Leb wohl, Mädchen.

MAGD Gehen Sie mit Gott. *Die Mutter küßt die Braut. Sie gehen schweigend.*

MUTTER Leb wohl, Tochter. *Die Braut grüßt mit der Hand.*

VATER Ich begleite euch einige Schritte. *Vater, Mutter, Bräutigam ab.*

MAGD Ich kann es nicht erwarten, die Geschenke zu sehen.

BRAUT *schroff:* Hör auf!

MAGD Ach, zeig sie mir doch, Kindchen!

BRAUT Ich will nicht.

MAGD Nur die Strümpfe. Sie sollen ganz durchbrochen sein. Kindchen!

BRAUT Nein!!

MAGD Um Gottes willen! Schon gut! Willst du denn nicht heiraten?

BRAUT *beißt sich wütend in die Hand:* Ah!

MAGD Kindchen, mein Töchterchen, was fehlt dir? Bist du traurig, daß es mit deinem Königinnenleben vorbei ist? Denk nicht an bittere Dinge. Hast du Grund dazu? Nein. Wir wollen uns die Geschenke ansehen. *Greift nach der Schachtel.*

BRAUT *packt sie an den Handgelenken:* Laß los!

MAGD Ah – Mädchen!

BRAUT Loslassen, habe ich gesagt.

MAGD Du bist stärker als ein Mann.

BRAUT Habe ich nicht Männerarbeit verrichtet? Wäre ich ein Mann!

MAGD Sprich nicht so.

BRAUT Schweig, hörst du? Wir wollen von andrem reden. *Das Licht erlischt langsam auf der Bühne. Lange Pause.*

MAGD Hast du diese Nacht ein Pferd gehört?

BRAUT Wann?

MAGD Gegen drei.

BRAUT Es wird ein Pferd gewesen sein, das dem Rudel entlaufen ist.

MAGD Nein. Es trug einen Reiter.

BRAUT Woher weißt du das?

MAGD Weil ich ihn gesehen habe. Er hielt unter deinem Fenster. Es wunderte mich sehr.

BRAUT War es vielleicht mein Bräutigam? Manchmal schon ist er um diese Stunde hier vorbeigeritten.

MAGD Nein.

BRAUT Hast du ihn erkannt?

MAGD Ja.

BRAUT Wer war es?

MAGD Leonardo.

BRAUT *zornig:* Das ist nicht wahr! Nicht wahr!! Wozu sollte er herkommen?

MAGD Er ist hergekommen.

BRAUT Schweig! Verflucht sei deine Zunge! *Man hört eines Pferdes Hufschlag.*

MAGD *am Fenster:* Sieh! Schau hinaus! Er?

BRAUT Er!

Schneller Vorhang

ZWEITER AKT
ERSTES BILD

Großer Vorraum im Heim der Braut. Tor im Hintergrund. Es ist Nacht. Die Braut kommt in weißen gefälteltem Unterrock mit Spitzenvolants und gestickten Spitzen am Rocksaum; sie trägt ein weißes ärmelloses Mieder. Ebenso die Magd.

MAGD Ich werde dich hier fertig kämmen.

BRAUT Drinnen kann man sich vor Hitze nicht aufhalten.

MAGD In dieser Gegend wird es nicht einmal in der Morgendämmerung kühler. *Die Braut setzt sich auf einen niedrigen Stuhl und betrachtet sich in einem Handspiegelchen. Die Magd frisiert sie.*

BRAUT Meine Mutter stammte aus einer Gegend, in der es viele Bäume gab. Aus einer fruchtbaren Gegend.

MAGD Dann war sie also fröhlich!

BRAUT Aber sie verkümmerte hier.

MAGD Das Schicksal.

BRAUT Wir alle verzehren uns hier. Die Wände sind Brandstifter. Ah – reiß nicht so!

MAGD Ich will nur diese Locke besser legen. Sie soll dir in die Stirn fallen. *Die Braut betrachtet sich im Spiegel.* Wie schön du bist! Ach! *Umarmt sie leidenschaftlich.*

BRAUT *ernst:* Kämm weiter!

MAGD *kümmernd:* Glückliche – du wirst einen Mann umarmen – du wirst ihn küssen – sein Gewicht fühlen.

BRAUT Schweig!

MAGD Und das Schönste ist, wenn du erwachst und ihn an deiner Seite fühlst, und wenn sein Atem deine Schultern streift wie ein Nachtigallenfederchen.

BRAUT *aufbrausend:* Willst du nicht schweigen?

MAGD Aber… Kindchen! Was ist eine Hochzeit? Das ist eine Hochzeit – und weiter nichts. Süßigkeiten? Blumensträuße? Nein: ein leuchtendes Bett – ein Mann und eine Frau.

BRAUT Das darf man nicht sagen.

MAGD Das ist etwas andres. Aber es ist sehr fröhlich! Sehr süß!

BRAUT Oder sehr bitter.

MAGD Die Orangenblüten werde ich dir hierherlegen – bis hier –, damit der Kranz auf der Frisur zur Geltung kommt. *Probiert ihr den Orangenblütenkranz auf.*

BRAUT *in den Spiegel schauend:* Gib sie mir. *Nimmt den Kranz, betrachtet ihn und senkt niedergeschlagen den Kopf.*

MAGD Was fehlt dir?

BRAUT Laß mich.

MAGD Das sind nicht die Stunden, um traurig zu sein. *Aufmunternd.* Nimm den Kranz. *Die Braut schleudert ihn fort.* Kindchen, was für eine Strafe wird dich treffen, wenn du den Brautkranz fortwirfst! Kopf hoch! Willst du nicht heiraten? Sag es. Noch ist es Zeit. *Steht auf.*

BRAUT Wölkchen. Ein böser Wind innen. Wer kennt das nicht?

MAGD Du liebst deinen Bräutigam…

BRAUT Ich liebe ihn.

MAGD Ja. Gewiß… Sicherlich…

BRAUT Aber es ist ein gewaltiger Schritt.

MAGD Man muß ihn tun.

BRAUT Ich habe es mir gelobt.

MAGD Ich werde dir den Kranz aufsetzen.

BRAUT *setzt sich:* Schnell, sie müssen bald kommen.

MAGD Sie haben wenigstens zwei Stunden zu gehen.

BRAUT Wie weit ist es von hier zur Kirche?

MAGD Fünf Meilen durch das Flußbett und doppelt so viele auf dem Wege. *Die Braut steht auf. Die Magd begeistert sich an ihrem Anblick.*

Die Braut erwache
am Morgen der Hochzeit.
Oh, trügen die Flüsse
der Welt deinen Kranz!

BRAUT *lächelnd:* Geh…

MAGD *küßt sie begeistert und umtanzt sie:*

Wach auf mit dem Zweig
des blühenden Lorbeers.
Wach auf für den Stamm
und den Zweig des Lorbeers.

Man hört starke Schläge am Tor.

BRAUT Öffne! Die ersten Gäste… *Geht hinein. Magd öffnet. Überrascht.*

MAGD Du?

LEONARDO Ich. Guten Morgen.

MAGD Als erster!

LEONARDO Bin ich nicht eingeladen?

MAGD Doch.

LEONARDO Deshalb bin ich auch da.

MAGD Und deine Frau?

LEONARDO Ich kam zu Pferd. Sie kommt zu Fuß.

MAGD Hast du niemand getroffen?

LEONARDO Ich ritt an ihnen vorbei.

MAGD Du wirst das Pferd zu Tode hetzen.

LEONARDO Wenn es stirbt, ist es tot. *Pause.*

MAGD Setz dich. Ich bin als einzige auf.

LEONARDO Und die Braut?

MAGD Werde ich jetzt ankleiden.

LEONARDO Die Braut! Sie wird glücklich sein.

MAGD *wechselt das Gespräch:* Und dein Söhnchen?

LEONARDO Wer?

MAGD Dein Sohn!

LEONARDO *wie schlaftrunken sich erinnernd:* Ah – ja!

MAGD Bringt sie ihn mit?

LEONARDO Nein. *Pause. Singende Stimmen von weither.*

STIMMEN

Die Braut erwache
am Morgen der Hochzeit!

LEONARDO

Die Braut erwache
am Morgen der Hochzeit!

MAGD Die Leute. Sie sind noch weit.

LEONARDO *erhebt sich:* Die Braut wird einen großen Kranz tragen, nicht wahr? Er sollte nicht zu groß sein. Ein kleinerer würde ihr besser stehen. Hat der Bräutigam schon den Orangenblütenzweig gebracht, den sie an die Brust heften muß?

BRAUT *kommt, immer noch im Unterrock und mit dem Orangenblütenkranz auf dem Kopf:* Er hat ihn gebracht.

MAGD *ausfallend:* Kann dir das nicht gleichgültig sein?

BRAUT *ernst:* Warum fragst du, ob er mir den Zweig gebracht hat? Hast du Hintergedanken?

LEONARDO Nein. Was für Hintergedanken sollte ich haben? *Nähert sich.* Du kennst mich. Du weißt, daß ich keine Hintergedanken habe. Aber sage mir das. Was bin ich für dich gewesen? Öffne dein Gedächtnis, frische es auf! Aber zwei Rinder und eine ärmliche Hütte – ist zu wenig. Das ist der Stachel.

BRAUT Wozu kommst du?

LEONARDO Zu deiner Hochzeit.

BRAUT Ich war auch auf deiner!

LEONARDO Zusammengezurrt von dir, mit deinen beiden Händen. Mich kann man umbringen, aber nicht bespeien. Und das Geld, das so glänzt, speit manchmal.

BRAUT Erlogen!

LEONARDO Ich will nicht sprechen, ich bin ein heißblütiger Mann und will nicht, daß man meine Stimme auf allen diesen Hügeln hört.

BRAUT Meine würde lauter sein!

MAGD So könnt ihr nicht weiterreden. Du hast nicht Vergangenes auszugraben! *Sieht voller Unruhe nach den Türen.*

BRAUT Sie hat recht. Ich dürfte nicht einmal mit dir sprechen. Aber es erhitzt mir das Blut, daß du kommst, um mich anzustarren, meine Hochzeit zu bespähen und so hinterhältig nach den Orangenblüten zu fragen! Geh, und erwarte deine Frau am Tor!

LEONARDO Können wir nicht miteinander plaudern?

MAGD *wütend:* Nein; ihr könnt nicht!

LEONARDO Nach meiner Hochzeit habe ich Tag und Nacht über die Schuld nachgedacht und jedesmal, wenn ich anfange zu denken, steigt eine neue Schuld auf, die die alte frißt – aber immer gibt es Schuld!

BRAUT Ein Mann mit einem Pferd weiß viel und vermag viel, um ein Mädchen, das in einer Wüste lebt, zu betören. Aber ich bin zu stolz. Darum heirate ich. Und ich will mich mit meinem Mann, den ich lieben werde, einschließen.

LEONARDO Der Stolz hilft dir nicht. *Nähert sich.*

BRAUT Bleib stehen!

LEONARDO Brennen und schweigen ist die größte Pein, die wir auf uns nehmen können. Was half mir der Stolz, was half mir, daß ich dich nicht ansah und dich Nacht für Nacht wach ließ? Nichts! Um Feuer über mir anzuzünden! Weil du glaubst, daß die Zeit heilt und die Wände verbergen – aber das ist nicht wahr! Wenn die Dinge ins Innere dringen, kann niemand mehr sie herausreißen.

BRAUT *zitternd:* Ich kann dich nicht anhören. Ich kann deine Stimme nicht hören. Sie ist, wenn ich eine Flasche Anis tränke und auf einem Rosenpfühl schliefe. Sie schleppt mich fort – ich weiß, daß ich ertrinke – aber ich taumele hinter ihr her.

MAGD *faßt Leonardos Rockaufschläge:* Du mußt sofort gehen – sofort!

LEONARDO Ich komme zum letzten Mal, um mit ihr zu sprechen. Fürchte nichts.

BRAUT Und ich weiß, daß ich wahnsinnig bin. Und ich weiß, daß meine Brust fault vor Dulden und Harren – und ich stehe hier, ruhig, und höre ihn an und sehe, wie er die Arme bewegt.

LEONARDO Und ich kann keine Ruhe finden, ohne es dir zu sagen. Ich habe geheiratet. Jetzt heirate du.

MAGD *zu Leonardo:* Und o b sie heiratet!

STIMMEN *näher:*

Die Braut erwache
am Morgen der Hochzeit.

BRAUT *eilt in ihr Zimmer:*

Die Braut erwache!

MAGD Da kommen die Leute. *Zu Leonardo:* Nähere dich ihr nicht mehr.

LEONARDO Sei unbesorgt. *Links ab. Es beginnt hell zu tagen.*

ERSTES MÄDCHEN *tritt ein:*

Die Braut erwache
am Morgen der Hochzeit;
der Rundgesang kreise,
ein Blütenkranz grüße
von jedem Gesims.

STIMMEN

Die Braut erwache!

MAGD *lärmend:*

Erwache, wach auf

mit smaragdenem Zweig
erblühender Liebe.
Wach auf für den Stamm,
für den Zweig des Lorbeers.

ZWEITES MÄDCHEN *tritt ein:*

Erwache, wach auf
mit fließendem Haar,
jasminener Stirn,
mit schneeweißem Hemd
und Lackschuh'n mit Silber.

MAGD

Ei, schöne Hirtin,
schon zeigt sich der Mond!

ERSTES MÄDCHEN

Deinen Hut laß im Ölhain,
o schöner Galan!

ERSTER BURSCHE *tritt Hut schwenkend ein:*

Die Braut wache auf,
denn es ziehn schon die Gäste
mit Gesang durch die Felder,
mit Dahliengebinden
und zuckrigem Backwerk.

STIMMEN

Die Braut erwache!

ZWEITES MÄDCHEN

Es kränzt sich die Braut
mit schlohweißer Krone;
der Bräutigam schlägt sie
in goldene Bande.

MAGD

Die Blume des Honigs
macht schlaflos die Braut.

DRITTES MÄDCHEN *tritt ein:*

Im Orangenhain schenkt
ihr Decke und Löffel
der blühende Bräutigam.
Drei Gäste treten ein.

ERSTER BURSCHE

Taube, wach auf!
Der Morgen erhellt
Die Glocken des Schattens.

ERSTER GAST

Die Braut, die weiße,
heute noch Jungfrau,
morgen schon Frau.

ERSTES MÄDCHEN

Komm, Schwarzgelockte,
die seidene Schleppe
fließe rauschend dir nach.

ZWEITER GAST

Komm, Schwarzgelockte,
die Kühle des Morgens
tröpfelt schon Tau.

ERSTER BURSCHE

Herrin, wacht auf!
Es regnen die Lüfte
den Blust von Orangen.

MAGD

Ich möcht einen Baum
mit Bändern ihr sticken,
von granatener Farbe,
mit dem Gott der Liebe
von ›Vivats!‹ umrahmt
auf jedem der Bänder.

STIMMEN

Die Braut erwache!

ERSTER BURSCHE

Am Morgen der Hochzeit.

DRITTER GAST

Am Morgen der Hochzeit
bist du die Schönste –
wie die Frau eines Hauptmanns –
Blume der Berge!

VATER *tritt ein:*

Die Hauptmannsfrau raubt
der schöne Geliebte.
Er kommt mit den Stieren,
den Schatz sich zu holen.

DRITTES MÄDCHEN

Der Bräutigam gleicht
dem lautersten Golde.
Wo er schreitet, da sprießen
zu Füßen ihm Nelken.

MAGD

Ach, mein glückliches Kindchen!

ZWEITER BURSCHE

Die Braut erwache!

MAGD

Ach, mein reizendes Kind!

ERSTES MÄDCHEN

An die gläsernen Fenster
klingt schon die Hochzeit.

ZWEITES MÄDCHEN

Die Braut soll sich zeigen!

ERSTES MÄDCHEN

Sie komme, sie komme!

MAGD

Läutet die Glocken,
läutet sie laut!

ERSTER BURSCHE

Sie kommt schon heraus!
Sie kommt – ist schon hier!

MAGD

Die Hochzeit hebt an
wie ein springender Stier!

Die Braut erscheint. Sie trägt ein schwarzes Kleid, Stil neunzehnhundert, mit Hüftpolstern, langer Schleppe, plissierten Gazevolants und steifen Spitzen. Über ihren diademartig angeordneten Stirnlocken trägt sie den Brautkranz aus Orangenblüten. Gitarren erklingen. Die Mädchen küssen die Braut.

DRITTES MÄDCHEN Was für ein Parfüm hast du dir ins Haar geträufelt?

BRAUT *lachend:* Keins!

ZWEITES MÄDCHEN *das Brautkleid bewundernd:* Solch einen Stoff gibt es nicht mehr wieder!

ERSTER BURSCHE Der Bräutigam!

BRÄUTIGAM *eintretend:* Ich grüße euch!

ERSTES MÄDCHEN *steckt ihm eine Blume hinter das Ohr:*

Der Bräutigam gleicht
dem lautersten Golde.

ZWEITES MÄDCHEN

Sein Auge verströmt
Hauche der Ruhe.

Der Bräutigam begibt sich an die Seite der Braut.

BRAUT Warum hast du diese Schuhe angezogen?

BRÄUTIGAM Sie sind fröhlicher als die schwarzen.

LEONARDOS FRAU *tritt ein und küßt die Braut:* Ich grüße euch!

Alle reden laut und heiter durcheinander.

LEONARDO *tritt ein wie jemand, der eine Pflicht erfüllen muß:*

Am Morgen der Hochzeit
bekränzen wir dich.

FRAU

Und es freue das Feld sich
am Fluß deines Haares.

MUTTER *zum Vater:* Auch diese hier?

VATER Sie gehören zur Familie. Heute ist der Tag der Versöhnung.

MUTTER Ich beherrsche mich. Aber ich verzeihe nicht.

BRÄUTIGAM Welche Freude, dich mit Kranz zu sehen!

BRAUT Wir wollen sofort zur Kirche fahren!

BRÄUTIGAM Eilt es dir so sehr?

BRAUT Ja. Ich will deine Frau werden, allein mit dir bleiben und nur deine Stimme hören.

BRÄUTIGAM Ich auch.

BRAUT Und nur deine Augen sehen. Umarme mich so fest, daß ich mich nicht von dir lösen könnte, selbst wenn mich meine tote Mutter riefe.

BRÄUTIGAM Meine Arme sind stark. Ich werde dich vierzig Jahre umarmen.

BRAUT *dramatisch, seinen Arm packend:* Immer!

VATER Auf! Zu den Pferden und Wagen! Die Sonne ist schon aufgegangen.

MUTTER Seid vorsichtig, damit uns kein Unheil trifft!

Das große Tor im Hintergrund wird geöffnet. Man beginnt hinauszugehen.

MAGD *weinend:*

Vergiß, reine Jungfrau,
niemals den Tag,

an dem du dein Haus
verläßt wie ein Stern...

ERSTES MÄDCHEN

Makellos – keusch
mit reinem Gewand
verläßt du dein Haus
zur Feier der Hochzeit.

ZWEITES MÄDCHEN

Schon verläßt du dein Haus
und schreitest zur Kirche!

MAGD

Der Wind streut Blumen
dir über den Sand!

DRITTES MÄDCHEN

Ach, schneeweißes Mädchen!

MAGD

Die Spitzen des Schleiers
sind dunkeler Wind.

Ab. Man hört Gitarren, Kastagnetten, Tamburine. Leonardo und seine Frau bleiben allein.

FRAU Gehen wir.

LEONARDO Wohin?

FRAU Zur Kirche. Aber du reitest nicht. Du fährst mit mir.

LEONARDO Mit dem Karren?

FRAU Hast du etwas andres?

LEONARDO Ich bin nicht der Mann, der in einem Karren fährt.

FRAU Und ich bin nicht die Frau, die ohne ihren Mann auf eine Hochzeit geht. Ich kann nicht mehr!

LEONARDO Ich auch nicht.

FRAU Warum starrst du mich so an? Du hast einen Stachel in jedem Auge.

LEONARDO Gehen wir.

FRAU Ich weiß nicht, was vorgeht. Aber ich denke... und ich will nicht denken. Eines weiß ich: daß ich verstoßen bin. Aber ich habe einen Sohn. Und ein andrer kommt. Es geht weiter. Dasselbe Geschick traf meine Mutter. Aber ich will nicht fort von hier.

STIMMEN *von außen:*

Verläßt du dein Haus
und gehst du zur Kirche,
vergiß es nur nie:
du enteilst wie ein Stern.

FRAU *weinend:*

Vergiß es nur nie:
du enteilst wie ein Stern.

So verließ auch ich mein Haus. Und mir war, als könnte ich die ganze Welt in mein Herz schließen.

LEONARDO *steht auf:* Komm.

FRAU Aber mit dir!

LEONARDO Ja. *Pause.* Geh! *Beide ab.*

STIMMEN

Verläßt du dein Haus
und gehst du zur Kirche,
vergiß es nur nie –
du enteilst wie ein Stern.

Langsamer Vorhang

Zweites Bild

Vor der in den Berg gehauenen Behausung der Braut. Grauweiße und kaltblaue Farbtonführung. Große Nopalbäume. Schattige und silbrige Gründe. Panorama waffelfarbener Tafelberge; alles sehr hart wie eine Landschaft auf Volkskeramik.

MAGD *arrangiert Becher und Schalen auf einem Tisch:*
Es drehte,
es dreht' sich das Rad,
das Wasser floß hin,
es nahet die Hochzeit,
drum teil das Gezweig sich,
und es schmück seine weißen
Geländer der Mond.
laut Decke den Tisch!
pathetisch Es sang wohl,
es sang wohl das Brautpaar,
das Wasser floß hin.
Es naht sich die Hochzeit
der Reif soll erglitzern,
es fülle der Honig
die bitteren Mandeln.
laut Bringe den Wein!
poetisch Du Liebling,
du Liebling der Erde,
schau hin, wie das Wasser,
das Wasser dahinfließt.
Es naht deine Hochzeit,
nun schürze dein Kleid
und bleib unterm Flügel

des Bräut'gams zu Haus.
Ein Täuberich ist er,
seine Brust ist ein Becken
mit glühenden Kohlen,
und es wartet das Feld
auf das Rinnsel des Bluts.
Es drehte,
es dreht' sich das Rad,
das Wasser floß hin.
Laß schimmern das Wasser:
es naht deine Hochzeit!

MUTTER *tritt ein:* Endlich.

VATER *kommt mit ihr:* Sind wir die ersten?

MAGD Nein. Leonardo und seine Frau sind schon länger hier. Sie sind wie der Teufel hierhergerast. Seine Frau ist vor Angst beinahe gestorben. Sie müssen wohl zurück geritten sein.

VATER Der sucht das Unglück. Er hat kein gutes Blut.

MUTTER Was für Blut soll er haben? Das seiner ganzen Familie. Er stammt von seinem Urgroßvater, der mit Morden begann und in dem elenden Gezücht sich verewigt – Messerstecher und Leute mit tückischem Lächeln.

VATER Laß ihn.

MAGD Laß ihn?

MUTTER Es schmerzt mich bis ins Mark. An ihren Stirnen sehe ich nur die Hand, mit der sie mordeten, was mein war. Was siehst du mich an? Glaubst du, ich sei wahnsinnig? Es ist wahnsinnig, nicht zu schreien, wie meine Brust es will. Ich habe in der Brust einen Schrei, der sich immer aufbäumt und den ich immer bändigen und ersticken muß. Man bringt die Toten fort – und wir müssen schweigen. Nachher reden die Leute… *Legt den Umhang ab.*

VATER Heute solltest du daran nicht denken.

MUTTER Wenn das Gespräch darauf kommt, muß ich sprechen. Und heute mehr denn je. Denn von heute an bin ich allein.

VATER In der Hoffnung auf Gesellschaft.

MUTTER Das ist mein Lieblingswunsch. Die Enkel. *Sie setzen sich.*

VATER Ich wünsche ihnen viele. Diese Äcker brauchen ungedungene Arme. Man muß Schlachten mit dem Unkraut schlagen, mit den Disteln und den dicken Steinen, die weiß Gott woher kommen. Und diese Arme müssen die der Herren sein, die züchtigen und herrschen und den Samen sprießen lassen. Man braucht viele Söhne!

MUTTER Und einige Töchter. Die Söhne entweht der Wind! Sie müssen mit den Waffen hantieren... Aber die Mädchen bleiben.

VATER *lustig:* Ich glaube, sie werden beides haben.

MUTTER Mein Sohn wird sie kraftvoll umarmen. Mein Sohn ist aus gutem Samen. Sein Vater hätte mit mir viele Kinder haben können.

VATER Ich wünschte, das wäre Angelegenheit eines Tages, und sie hätten sofort zwei oder drei Männer.

MUTTER Aber es ist nicht so. Es dauert lange. Darum ist es so grauenvoll, das Blut eines Sohnes über den Boden vergossen zu sehen. Eine Quelle, die eine Minute fließt und uns Jahre gekostet hat. Als ich zu meinem Sohn flog, lag er mitten auf der Straße. Ich netzte meine Hände in seinem Blut und leckte sie mit der Zunge ab. Denn es war mein Blut. Du weißt nicht, was das heißt. Ich hätte diese blutgetränkte Erde in eine Monstranz aus Kristall und Topas einschließen mögen.

VATER Du mußt nun warten. Meine Tochter ist bereit, und dein Sohn ist stark.

MUTTER Ich werde warten. *Sie stehen auf.*

VATER *zur Magd:* Stell die Schalen mit Korn zurecht*.

MAGD Ich habe sie bereits aufgestellt.

FRAU *mit Leonardo eintretend:* Möge alles zum Guten ausschlagen!

MUTTER Danke.

LEONARDO Gibt es ein großes Fest?

VATER Kein großes. Die Leute können sich nicht lange aufhalten.

MAGD Da sind sie! *Heitere Gruppen Eingeladener treten ein. Das Brautpaar Arm in Arm. Leonardo ab.*

BRÄUTIGAM Noch nie habe ich so viele Gäste auf einer Hochzeit gesehen!

BRAUT *schwermütig:* Nein, noch nie!

VATER Es war prächtig.

MUTTER Ganze Familien sind gekommen.

BRÄUTIGAM Leute, die sonst nicht vor die Tür gehen.

MUTTER Dein Vater säte viel, und du erntest jetzt.

BRÄUTIGAM Es waren Verwandte da, die ich gar nicht kannte.

MUTTER Alle von der Küste.

BRÄUTIGAM *belustigt:* Sie erschraken vor den Pferden. *Sprechen.*

MUTTER *zur Braut:* An was denkst du?

BRAUT An nichts.

MUTTER Das Sakrament wiegt schwer. *Man hört Gitarren.*

BRAUT Wie Blei.

MUTTER *betont:* Aber es soll dich nicht bedrücken. Leicht wie der Taube soll dir sein.

* Alter Fruchtbarkeitsritus: die Neuvermählten werden mit Weizenkörnern beworfen. A. d. Ü.

BRAUT Bleiben Sie über Nacht?

MUTTER Nein; mein Haus ist vereinsamt.

BRAUT Sie sollten hierbleiben.

VATER *zur Mutter:* Sieh dir diesen Tanz an! Das sind Tänze aus der Küstengegend. *Leonardo kommt und setzt sich. Hinter ihm steht starr seine Frau.*

MUTTER Die Vettern meines Mannes. Wie wenn Steine tanzten.

VATER Es freut mich, sie zu sehen. Welche Wandlung für dieses Haus! *Ab.*

BRÄUTIGAM *zur Braut:* Haben dir die Orangenblüten gefallen?

BRAUT *sieht in fest an:* Ja.

BRÄUTIGAM Sie sind ganz aus Wachs und halten ewig. Es wäre schön gewesen, wenn du sie am ganzen Kleide getragen hättest.

BRAUT Das ist nicht nötig. *Leonardo rechts vorbei.*

ERSTES MÄDCHEN Wir wollen ihr die Nadeln fortnehmen.

BRAUT *zum Bräutigam:* Ich komme gleich zurück.

FRAU Werde glücklich mit meiner Kusine.

BRÄUTIGAM Dessen bin ich sicher.

FRAU Ihr beide – hier; nie fortgehen – das Haus bauen! Ach, ich wünschte, ich könnte auch weit weg leben…

BRÄUTIGAM Weshalb kauft ihr kein Land? Der Berg ist billig, und die Kinder wachsen besser auf.

FRAU Wir haben kein Geld. Und der weite Weg!

BRÄUTIGAM Dein Mann ist ein guter Arbeiter.

FRAU Ja. Aber er ist zu unbeständig. Er springt von einer Sache zur andren. Er ist kein ruhiger Mensch.

MAGD Nehmt ihr nichts? Ich werde die Weinbrezeln für deine Mutter einpacken. Sie ißt sie gern.

BRÄUTIGAM Gib ihr drei Dutzend mit.

FRAU Nein, nein; ein halbes genügt.

BRÄUTIGAM Heute ist heute.

FRAU *zur Magd:* Wo ist Leonardo?

MAGD Ich habe ihn nicht gesehen.

BRÄUTIGAM Er wird zwischen den Gästen sein.

FRAU Ich will ihn suchen. *Ab.*

MAGD Es ist wunderschön.

BRÄUTIGAM Tanzt du nicht?

MAGD Es holt mich niemand. *Zwei Mädchen queren im Hintergrund die Bühne. Während der ganzen Handlung herrscht im Hintergrund ein lebhaftes Durcheinander von Personen.*

BRÄUTIGAM *neckend:* Das ist wirklich unverständlich. Die rüstigen Alten wie du tanzen besser als die Jungen.

MAGD Willst du mir Komplimente machen, mein Söhnchen? Was seid ihr für eine Familie? Männer unter Männern! Als Kind war ich auf der Hochzeit deines Großvaters. Eine Gestalt! Als hätte sich ein Berg verheiratet!

BRÄUTIGAM Ich bin nicht so gewichtig.

MAGD Aber derselbe Glanz in den Augen. Wo ist denn die Braut?

BRÄUTIGAM Sie nimmt sich den Kopfputz ab.

MAGD Höre. Da ihr kaum schlafen werdet, habe ich euch für Mitternacht Schinken und ein paar Becher alten Weines bereitgestellt. Unten im Wandschrank. Falls ihr es braucht.

BRÄUTIGAM *lächelnd:* Mitternachts esse ich nicht.

MAGD *Maliziös:* Wenn nicht du – dann die Braut. *Ab.*

ERSTER BURSCHE *eintretend:* Trink mit uns!

BRÄUTIGAM Ich warte auf die Braut.

ZWEITER BURSCHE Du hast sie in der Morgendämmerung.

ERSTER BURSCHE Dann ist es am schönsten!

ZWEITER BURSCHE Nur einen Augenblick.

BRÄUTIGAM Also gehen wir. *Sie gehen. Man hört Lärm und Getöse. Die Braut kommt. Von der entgegengesetzten Seite laufen ihr zwei Mädchen entgegen.*

ERSTES MÄDCHEN Wem hast du die erste Nadel gegeben? Mir oder ihr?

BRAUT Ich weiß es nicht mehr.

ERSTES MÄDCHEN Mir hast du sie hier gegeben.

ZWEITES MÄDCHEN Und mir beim Altar.

BRAUT *unruhig, in heftigem innerem Kampf:* Ich weiß nichts.

ERSTES MÄDCHEN Ich möchte, daß du...

BRAUT *unterbricht:* Einerlei. Ich habe vieles zu bedenken.

ZWEITES MÄDCHEN Verzeih. *Leonardo kreuzt den Hintergrund.*

BRAUT *sieht Leonardo:* Und diese Minuten sind erregend.

ERSTES MÄDCHEN Davon verstehen wir nichts.

BRAUT Ihr werdet verstehen, wenn eure Stunde kommt. Diese Schritte sind schwere Schritte.

ERSTES MÄDCHEN Bist du verstimmt?

BRAUT Nein. Verzeiht mir.

ZWEITES MÄDCHEN Aber warum? Die beiden Nadeln verhelfen uns schnell zu einem Mann, nicht wahr?

BRAUT Ja.

ERSTES MÄDCHEN Nun heiratet die eine früher als die andre.

BRAUT So ungeduldig seid ihr?

ZWEITES MÄDCHEN *verschämt:* Ja.

BRAUT Warum?

ERSTES MÄDCHEN Weil... *Umarmt das zweite Mädchen. Sie laufen fort. Der Bräutigam kommt und umarmt die Braut sehr langsam von hinten.*

BRAUT *außer sich:* Laß los!
BRÄUTIGAM Erschrickst du vor mir?
BRAUT Du bist es?
BRÄUTIGAM Wer sonst? *Pause.* Dein Vater oder ich.
BRAUT Das ist wahr.
BRÄUTIGAM Aber dein Vater hätte dich sanfter umarmt.
BRAUT *düster:* Allerdings.
BRÄUTIGAM Weil er alt ist. *Umarmt sie sehr kraftvoll und ein wenig rauh.*
BRAUT *trocken:* Laß das.
BRÄUTIGAM Warum? *Läßt sie los.*
BRAUT Wegen... der Leute. Sie könnten uns sehen. *Die Magd quert wieder den Hintergrund, ohne auf das Brautpaar zu achten.*
BRÄUTIGAM Was tut das? Es ist doch schon geheiligt.
BRAUT Gewiß... Aber laß mich... Nachher...
BRÄUTIGAM Was fehlt dir? Du bist ja ganz verstört!
BRAUT Mir fehlt nichts. Bleib hier.
FRAU LEONARDOS *kommt:* Ich möchte nicht unterbrechen...
BRÄUTIGAM Bitte, sprich nur.
FRAU Ist mein Mann hier gewesen?
BRÄUTIGAM Nein.
FRAU Ich finde ihn nicht, und das Pferd ist auch nicht im Stall.
BRÄUTIGAM *scherzhaft:* Er wird es wohl ein bißchen galoppieren lassen! *Frau unruhig ab. Magd tritt ein.*
MAGD Was ist dir, Kindchen?
BRAUT Mir ist, wie wenn ich einen Schlag an die Schläfe erhalten hätte.
MAGD Eine Braut hier vom Bergland muß stark sein. *Zum Bräutigam.* Du bist der einzige, der sie heilen kann, denn sie ist dein. *Rasch ab.*

BRÄUTIGAM *umarmt sie:* Wir wollen ein wenig tanzen. *Küßt sie.*

BRAUT *angstvoll:* Nein. Ich möchte mich einen Augenblick hinlegen.

BRÄUTIGAM Ich werde dir Gesellschaft leisten.

BRAUT Niemals! Während alle diese Leute da sind? Was würden sie dazu sagen? Laß mich Atem schöpfen.

BRÄUTIGAM Wie du willst. Aber sei diese Nacht nicht so.

BRAUT *in der Tür:* In der Nacht wird mir wohler sein.

BRÄUTIGAM Das hoffe ich sehr.

MUTTER *kommt:* Mein Sohn.

BRÄUTIGAM Wo warst du?

MUTTER Mitten in diesem Lärm. Bist du glücklich?

BRÄUTIGAM Ja.

MUTTER Und deine Frau?

BRÄUTIGAM Ruht aus. Ein böser Tag für die Bräute!

MUTTER Ein böser Tag? Der einzige gute! Für mich war er wie eine Erbschaft. *Magd kommt und geht zum Zimmer der Braut.* Er ist das Umpflügen des Feldes, das Pflanzen neuer Bäume.

BRÄUTIGAM Gehst du schon?

MUTTER Ja. Ich muß in meinem Hause sein.

BRÄUTIGAM Allein.

MUTTER Nicht allein. Mein Kopf ist voll von Dingen, von Menschen und von Kämpfen.

BRÄUTIGAM Aber Kämpfe, die keine Kämpfe mehr sind. *Magd rennt aus der Tür des Brautzimmers durch den Hintergrund. Ab.*

MUTTER Solang wir leben, kämpfen wir.

BRÄUTIGAM Ich werde dir immer gehorchen.

MUTTER Versuche, mit deiner Frau zärtlich zu sein, und wenn du sie töricht oder störrisch findest, liebkose sie so, daß du ihr dabei etwas wehtust... eine feste Umarmung... ein Biß... und küsse sie nachher sanft. Sie soll sich nicht verletzt fühlen, aber sie soll wissen, daß du der Mann, der Herr bist, daß du befiehlst. Das lernte ich von deinem Vater. Und da du ihn nicht mehr hast, muß ich dich diese Stärken lehren.

BRÄUTIGAM Ich werde immer tun, was du sagst.

VATER *tritt ein:* Wo ist meine Tochter?

BRÄUTIGAM Drinnen. *Vater geht hinein.*

ERSTES MÄDCHEN Das Brautpaar soll kommen! Wir wollen den Bänderreigen tanzen!

ERSTER BURSCHE *zum Bräutigam:* Du wirst ihn führen.

VATER *kommt heraus:* Da ist sie nicht.

BRÄUTIGAM Nicht?

VATER Sie wird oben auf der Terrasse sein.

BRÄUTIGAM Ich will nachsehen. *Ab.*

Man hört Festlärm und Gitarren.

ERSTES MÄDCHEN Sie fangen schon an! *Ab.*

BRÄUTIGAM *kommt:* Sie ist nicht da!

MUTTER *unruhig:* Nicht?

VATER Wo kann sie sein?

MAGD *kommt:* Wo ist unser Kindchen?

MUTTER *ernst:* Das wissen wir nicht. *Bräutigam und drei Gäste kommen.*

VATER Ist sie nicht beim Tanz?

MAGD Nein. Beim Tanz ist sie nicht. *Bräutigam ab.*

VATER *aufbrausend:* Es sind viele Leute da. Seht nach!

MAGD Ich habe schon nachgesehen.

VATER *tragisch:* Wo ist sie?

BRÄUTIGAM *kommt wieder:* Nichts. Nirgends. *Ab.*

MUTTER *zum Vater:* Was heißt das? Wo ist deine Tochter?

FRAU LEONARDOS *kommt:* Sie sind geflohen! Geflohen! Sie

und Leonardo. Zu Pferd. Umschlungen – und verschwunden wie eine Erscheinung!

VATER Nein!! Meine Tochter – nein!

MUTTER Deine Tochter – ja! Sproß einer schlechten Mutter, und er, er auch – er...! Aber sie ist schon die Frau meines Sohnes!

BRÄUTIGAM *kommt:* Ihnen nach! Wer hat ein Pferd?

MUTTER Wer hat ein Pferd, jetzt, jetzt ein Pferd? Ich gebe ihm alles – meine Augen... meine Zunge...!

STIMME Hier ist eins!

MUTTER *zum Sohn:* Vorwärts! Ihnen nach! *Bräutigam stürzt mit zwei Burschen hinaus.* Nein. Geh nicht. Diese Sippe mordet schnell – und gut...; doch, lauf, ich bleibe hinter dir!

VATER Es kann nicht sein. Vielleicht hat sie sich in die Zisterne gestürzt.

MUTTER Ins Wasser stürzen sich nur die Ehrbaren, die Keuschen. Die nicht! Aber sie ist meinem Sohn schon angetraut. Hier gibt es zwei Parteien! *Alle kommen.* Meine Familie und deine. Verlaßt das Haus. Schüttelt seinen Staub von den Füßen. Helft meinem Sohn. *Die Leute teilen sich in zwei Gruppen.* Er hat Anhang: seine Vettern von der Küste und alle, die aus dem Innern des Landes kommen. Hinaus! Auf allen Wegen. Wieder ist die Stunde des Blutes da. Zwei Parteien! Du mit den Deinen – ich mit den Meinen. Zurück! Zurück!

Vorhang

DRITTER AKT
Erstes Bild

Wald. Es ist Nacht. Große, feuchte Stämme. Alles ist in Dunkelheit gehüllt. Man hört zwei Violinen. Drei Holzfäller kommen.

ERSTER HOLZFÄLLER Und hat man sie gefunden?
ZWEITER HOLZFÄLLER Nein. Man sucht sie überall.
DRITTER HOLZFÄLLER Und man wird sie finden.
ZWEITER HOLZFÄLLER Sssst!
DRITTER HOLZFÄLLER Was gibt es?
ZWEITER HOLZFÄLLER Es ist, wie wenn sie auf allen Wegen zugleich kämen!
ERSTER HOLZFÄLLER Wenn der Mond aufgeht, wird man sie sehen.
ZWEITER HOLZFÄLLER Sie sollten von ihnen ablassen.
ERSTER HOLZFÄLLER Die Welt ist groß. Alle können in ihr leben.
DRITTER HOLZFÄLLER Aber man wird sie töten.
ZWEITER HOLZFÄLLER Man soll der Neigung folgen; sie taten recht zu fliehen.
ERSTER HOLZFÄLLER Sie täuschten einander, aber das Blut siegte.
DRITTER HOLZFÄLLER Das Blut!
ERSTER HOLZFÄLLER Man muß dem Weg des Blutes folgen.
ZWEITER HOLZFÄLLER Aber Blut, das ins Licht sieht, trinkt die Erde.

ERSTER HOLZFÄLLER Besser verblutet und tot als lebendigen Blutes verfault.

DRITTER HOLZFÄLLER Still!

ERSTER HOLZFÄLLER Hörst du etwas?

DRITTER HOLZFÄLLER Ich höre die Grillen, die Frösche und das Lauern der Nacht.

ERSTER HOLZFÄLLER Aber das Pferd hört man nicht.

DRITTER HOLZFÄLLER Nein.

ERSTER HOLZFÄLLER Jetzt wird er sie umfangen.

ZWEITER HOLZFÄLLER Ihr Leib war für ihn und sein Leib für sie.

DRITTER HOLZFÄLLER Man sucht sie und wird sie umbringen.

ERSTER HOLZFÄLLER Aber die Ströme ihres Blutes werden schon zusammengeflossen sein – und nun sind sie wie zwei leere Krüge, wie zwei trockene Flußbetten.

ZWEITER HOLZFÄLLER Es ist sehr wolkig; vielleicht scheint heute der Mond nicht.

DRITTER HOLZFÄLLER Der Bräutigam wird sie mit oder ohne Mond finden. Ich sah ihn abreiten. Wie ein rasender Stern. Aschgraues Gesicht. Er verkörperte das Schicksal seiner Familie.

ERSTER HOLZFÄLLER Seiner Familie der in der Straßenmitte Erschlagenen.

ZWEITER HOLZFÄLLER Eben das!

DRITTER HOLZFÄLLER Glaubst du, sie werden durchbrechen?

ZWEITER HOLZFÄLLER Schwerlich. Es gibt Messer und Büchsen auf zehn Meilen in der Runde.

DRITTER HOLZFÄLLER Er reitet ein gutes Pferd.

ZWEITER HOLZFÄLLER Aber mit einer Frau.

ERSTER HOLZFÄLLER Wir sind da.

ZWEITER HOLZFÄLLER Ein Baum mit vierzig Ästen. Wir werden ihn bald gefällt haben.

DRITTER HOLZFÄLLER Der Mond! Wir wollen uns beeilen.

Links verbreitet sich ein Schein.

ERSTER HOLZFÄLLER

Ach, leuchtender Mond!
Mond der großen Blätter.

ZWEITER HOLZFÄLLER

Erfüll mit Jasminen das Blut!

ERSTER HOLZFÄLLER

Ach, einsamer Mond!
Mond der grünen Blätter.

ZWEITER HOLZFÄLLER

Silber im Antlitz der Braut.

DRITTER HOLZFÄLLER

Ach, grausamer Mond!
Laß dunkelen Zweig der Liebe.

ERSTER HOLZFÄLLER

Ach, trauriger Mond!
Laß dunkelen Zweig der Liebe.

Sie gehen. Im klaren Schimmer auf der linken Seite erscheint der Mond. Der Mond ist ein junger Holzfäller mit weißem Gesicht. Die Szene erhält einen lebhaften blauen Glanz.

MOND

Ich schwimme im Strudel des Stromes,
ich – runder Schwan der Gewässer.
Ich – Auge der Kathedralen,
leihe den nächtlichen Blättern
den Schimmer des dämmernden Morgens:
Entkommen können sie nicht!
Wer will sich verbergen, wer schluchzt

in den bebenden Büschen des Tales?
Im Äther läßt einsam der Mond
auf bleierner Lauer ein Messer,
das nach den Schmerzen des Bluts giert.
Laßt mich hinein! Ich schlüpfe
eisig durch Wände und Fenster.
Die Dächer öffnet, die Herzen,
denn ich will in der Wärme verweilen!
Mich friert! Meiner schlaftrunknen Erze
Aschträume suchen auf Bergen,
auf Straßen den Hahnkamm des Feuers.
Aber es trägt mich der Schnee
auf seinen Schultern aus Jaspis,
und das frostige Wasser der Teiche
überflutet mich hart und kalt.
Doch werden mit Blut meine Wangen
in dieser Nacht sich noch röten
und die Binsen, die an den breiten
Fuß des Windes sich schmiegen.
Kein Schatten soll sein, keine Zuflucht:
Entkommen sollen sie n i c h t !
In eine Menschenbrust breche ich ein
und verhülle mich tief in der Wärme!
Ich öffne ein glühendes Herz,
das durch die Berge meines Leibs sich ergießt.
Laßt mich hinein, ach, laßt mich!
zu den Zweigen:
Ich will keine schützenden Schatten.
Überall leuchte mein Strahl,
und über die dunkelen Stämme
krieche mein heller Schein,
damit meine Wangen mit Blut

in dieser Nacht sich noch röten
und die Binsen, die an den breiten
Fuß des Windes sich schmiegen.
Wer will sich verbergen? Heraus!
Nein! Sie entkommen mir nicht!
Mit Fiebergesprüh von Demanten
will ich das Pferd überfunkeln.

Er entschwindet zwischen den Stämmen, und die Bühne sinkt in Dunkelheit zurück. Eine Greisin kommt, völlig bedeckt mit dünnen dunkelgrünen Tüchern. Sie geht barfüßig. Man sieht kaum ihr Gesicht zwischen den Falten.

BETTLERIN

Sie nahmen schon – und jetzt entweicht der Mond.
Hier gibt es kein Entkommen mehr – hier nicht.
Des Flusses und der Bäume düstres Rauschen
erstickt schnell den zerfetzten Flug der Schreie.
Hier muß es sein und bald. Ich bin ermüdet.
Die Truhen öffnen sich, und weiße Fäden
erwarten auf dem Boden des Alkovens
die schweren Leiber mit zerstochnem Halse.
Kein Vogel wache, und die Brise schlage
die Seufzer in die Falten ihres Rockes
und flieh mit ihnen durch die schwarzen Kronen
oder begrabe sie im weichen Lehm.
Der Mond! Ach, dieser Mond!
Undgeduldig.
Der Mond! Ach, dieser Mond!

Der Mond erscheint. Das intensive blaue Licht kommt wieder.

MOND

Sie kommen schon.
Die einen kommen durchs Röhricht, die andren
durchschreiten den Fluß.

Ich will das Gestein hell erleuchten. Was brauchst du
noch?

BETTLERIN

Nichts.

MOND

Der Wind wird stärker und stärker und wirbelt mit
doppelter Schneide.

BETTLERIN

Beschein mir auch klar ihre Westen, damit man die Köpfe
getrennt sieht,
und die Messer an ihnen vorbei ihre Wege im Licht gut
erkennen.

MOND

Doch sollen sie langsam vergehn. Denn das köstliche
Zischen des Blutes
will zwischen den Fingern ich hören. Sieh doch, vor
Sehnsucht erwachen
meine Täler aus stäubender Asche und erlechzen schon
ohne Geduld
diesen Quell erzitternder Strahlen!

BETTLERIN

Wir lassen sie nicht übern Fluß. Sei still!

MOND

Dort kommen sie! *Ab. Die Bühne wird wieder dunkel.*

BETTLERIN

Eil dich. Viel Licht. Du hast doch verstanden?
Sie werden entkommen nicht können!
Setzt sich und bedeckt sich mit dem Umhang. Bräutigam und erster Bursche kommen.

BRÄUTIGAM Hier hinauf!

ERSTER BURSCHE Du wirst sie nicht finden.

BRÄUTIGAM *energisch:* Ich werde sie finden.

ERSTER BURSCHE Ich glaube, sie haben eine andre Schneise durchritten.

BRÄUTIGAM Nein. Eben habe ich noch den Galopp gehört.

ERSTER BURSCHE Vielleicht war es ein andres Pferd.

BRÄUTIGAM *dramatisch:* Höre. Es gibt nur ein Pferd auf dieser Welt – dieses. Verstehst du? Wenn du mir folgst, so folge mir schweigend.

ERSTER BURSCHE Ich möchte...

BRÄUTIGAM Schweig! Hier finde ich sie, hier. Siehst du diesen Arm? Das ist nicht mein Arm. Das ist der Arm meines Bruders und meines Vaters und aller unsrer Toten. Und er hat solche Kraft, daß er diesen Baum mit der Wurzel ausreißen kann, wenn er will. Komm, schnell, denn ich fühle hier die Zähne der Meinen so tief eingegraben, daß es mir nicht möglich ist, ruhig zu atmen.

BETTLERIN *kläglich:* Ach!

ERSTER BURSCHE Hast du gehört?

BRÄUTIGAM Geh dorthin und schau nach.

ERSTER BURSCHE Das ist eine Jagd!

BRÄUTIGAM Eine Jagd. Die höchste, die man machen kann.

Bursche ab. Der Bräutigam eilt nach links und stößt auf die Bettlerin – den Tod –.

BETTLERIN Ach!

BRÄUTIGAM Was willst du?

BETTLERIN Mich friert.

BRÄUTIGAM Wohin gehst du?

BETTLERIN *stets nach Art der Bettlerinnen jammernd:* Dorthin... Weit weg.

BRÄUTIGAM Woher kommst du?

BETTLERIN Dorther... Weither...

BRÄUTIGAM Hast du einen Mann und eine Frau auf einem Pferd vorüberreiten sehen?

BETTLERIN *erwachend:* Warte... *Betrachtet ihn.* Ein schöner stattlicher Mann. Aber viel schöner, wenn er entschlafen wäre...

BRÄUTIGAM Sprich! Antworte! Hast du sie gesehen?

BETTLERIN Warte... Welch breite Schultern! *Erhebt sich.* Willst du nicht lieber ausgestreckt auf ihnen liegen, statt auf den Sohlen deiner Füße zu gehen, die so klein sind?

BRÄUTIGAM *schüttelt sie:* Ich frage dich, ob du sie gesehen hast! Sind sie hier vorbeigekommen?

BETTLERIN *nachdrücklich:* Nein. Sie kommen vom Hügel herab. Hörst du sie nicht?

BRÄUTIGAM Nein.

BETTLERIN Kennst du den Weg nicht?

BRÄUTIGAM Ich werde gehen – so oder so.

BETTLERIN Ich werde dich begleiten. Ich kenne diese Gegend.

BRÄUTIGAM *ungeduldig:* Auf denn! Wohin?

BETTLERIN *dramatisch:* Dorthin! *Schnell ab.*

Aus der Ferne hört man zwei Violinen, die den Wald ausdrücken. Die Holzfäller kommen wieder. Sie haben die Äxte geschultert und gehen langsam zwischen den Stämmen hindurch.

ERSTER HOLZFÄLLER

Ach, wandernder Tod!
Tod der großen Blätter.

ZWEITER HOLZFÄLLER

Laß geschlossen den Springborn des Bluts!

ERSTER HOLZFÄLLER

Ach, einsamer Tod!
Tod der trockenen Blätter.

DRITTER HOLZFÄLLER

Bedeck nicht die Hochzeit mit Blust!

ZWEITER HOLZFÄLLER

Ach, trauriger Tod!
Laß grüne Zweige der Liebe!

ERSTER HOLZFÄLLER

Ach, grausamer Tod!
Laß grüne Zweige der Liebe!

Ab, während sie sprechen. Leonardo und die Braut kommen.

LEONARDO

Schweig!

BRAUT

Von hier ab geh ich allein.
Geh! Denn ich will, daß du umkehrst!

LEONARDO

Schweig! Hörst du?

BRAUT

So reiß diese eiserne Kette,
wie du willst – mit Zähnen und Fäusten –,
von dem keuschen Nacken mir ab
und laß mich zurück in die Höhle,
in den dunkelsten Winkel der Erde.
Doch willst du nicht mich zertreten,
wie man giftige Vipern zertritt,
so lege den Lauf deiner Flinte
in die bräutlichen Hände mir ein.
Ach, welche Pein! Welches Feuer
verbrennt mir das Herz und den Kopf!
Zersplittertes Glas in der Zunge!

LEONARDO

Wir taten den Schritt – nun schweige,
denn es nahen sich schon die Verfolger,
und ich muß mit dir jetzt entfliehen!

BRAUT

Doch entführst du mich nur mit Gewalt!

LEONARDO

Mit Gewalt? Wer stieg denn zuerst
im Hause die Treppe herab?

BRAUT

Ich stieg die Treppe herab.

LEONARDO

Mit Zügeln – wer zäumte das Pferd?

BRAUT

Ich selbst tat es – ja, es ist wahr.

LEONARDO

Meine Sporen – wer schnallte sie an?

BRAUT

Ich schnallte die Sporen dir an.
Doch könnt ich, wenn ich dich sehe,
mit diesen Händen, die dein sind,
das blaue Gezweige zerreißen
und das Murmeln der Adern in dir.
Ich liebe, ich liebe dich, geh!
Begrüb ich den Dolch in der Brust dir,
dann hüllte ich dich in ein Laken
mit veilchenbestreutem Geränder.
Ach, welche Pein! Welches Feuer
verbrennt mir das Herz und den Kopf!

LEONARDO

Zersplittertes Glas in der Zunge!
Ich wollte vergessen und baute
eine Steinmauer zwischen die Häuser.
So war es – erinnerst du dich?
Und wenn ich von weitem dich sah,
dann warf ich mir Sand in die Augen.

Doch trabte das Pferd, wenn ich ausritt,
eilig zum Tor deines Hauses.
Mein Blut stachen silberne Nadeln,
und unglücklich ward es und dunkel.
Der Traum aber füllte und füllte
mein Fleisch mit der Pflanze des Unheils.
Ich trage daran nicht die Schuld –
die Erde, die Erde ist schuldig,
der Geruch deiner Brüste und Zöpfe.

BRAUT

Ach, welch ein Wahnsinn! Ich will
mit dir teilen nicht Tisch und nicht Bett,
aber keine Sekunde des Tages
möchte von dir ich getrennt sein,
denn du ziehst mich dir nach, und ich komme –
du befiehlst mir: kehr um! – doch ich fliege
dir nach durch die Lüfte wie Zasern.
Ich verließ einen mutigen Mann,
ich verließ eine ganze Familie
auf der Hochzeit – schon bräutlich gekrönt.
Dich wird nun die Strafe, dich, treffen,
doch ich will nicht, daß sie dich fällt.
Laß mich allein und entfliehe!
Denn niemand wird dich beschützen.

LEONARDO

Vögel des dämmernden Morgens
durchschlüpfen bereits das Gezweige.
Die Nacht legt zum Sterben sich nieder
auf den schartigen Graten der Felsen.
Fliehn wir in dunkele Höhlen,
dort, wo ich immer dich liebe;
nichts gilt mir die Meinung der Menge,

noch das Gift, das sie über uns ausspritzt.
Er umarmt sie leidenschaftlich.

BRAUT

Ich werde zu Füßen dir schlafen,
deines Traumes Geheimnis zu hüten,
nackt, mit dem Auge aufs Feld,
dramatisch
als ob eine Hündin ich sei.
Die ich bin! Und ich schaue dich an,
und mich verbrennt deine Schönheit.

LEONARDO

Flamme verzehret die Flamme.
Dasselbe zuckende Feuer
tötet vereint zwei Ähren.
Auf! *Zieht sie fort.*

BRAUT

Wohin willst du mich führen?

LEONARDO

Da hin, wohin diese Meute,
die uns jetzt jagt, niemals folgt.
Wo ich dich anschauen kann.

BRAUT *sarkastisch:*

Führe von Markt mich zu Markt,
ehrbarer Frauen Schmerz,
damit mich die Menge begaffe,
mit den Hochzeitslaken wie Fahnen
flatternd im knatternden Wind.

LEONARDO

Ich verließe dich auch,
dächte ich so, wie man denkt.
Doch gehe auch ich, wohin du gehst.
Auch du, versuch einen Schritt.

Silberne Nägel des Mondes
heften uns Hüfte an Lende.

Diese ganze Szene ist sehr heftig und von starker Sinnlichkeit.

BRAUT

Hörst du?

LEONARDO

Sie kommen.

BRAUT

Entflieh!
Gerecht ist, daß ich hier sterbe,
die Füße im Wasser und Dornen
im Haupt. O Blätter, beweint mich!
Verworfenes Weib und Jungfrau.

LEONARDO

Schweig! Denn sie kommen.

BRAUT

Geh fort!

LEONARDO

Schweig still, denn sonst hören sie uns.
Geh voran. Gehen wir. Geh!
Die Braut schwankt.

BRAUT

Zusammen! Vereint!

LEONARDO *umarmt sie:*

Wie du willst!
Vereint! Und wenn sie uns trennen,
so trennen sie tot mich von dir.

BRAUT

So trennen sie tot mich von dir!
Umarmt ab.

Sehr langsam taucht der Mond auf. Die Bühne wird mit

starkem blauem Licht übergossen. Plötzlich und unvermittelt hört man zwei lange zerfetzte Schreie, und die Musik der beiden Violinen bricht ab. Beim zweiten Schrei wächst die Bettlerin aus dem Walde und stellt sich mit dem Rücken gegen den Zuschauerraum. Sie öffnet den Umhang und verharrt in der Bühnenmitte wie ein riesiger Vogel mit unermeßlich weit ausgebreiteten Flügeln. Der Mond bleibt stehen. Der Vorhang fällt in absoluter Stille, inmitten absoluten Schweigens.

Vorhang

Letztes Bild

Weißer Raum mit Bögen und dicken Mauern. Rechts und links weiße Treppen. Großer Bogen im Hintergrund und große weiße Wand. Fußboden leuchtend weiß. Dieser einfache Raum muß den monumentalen Eindruck einer Kirche machen. Er hat kein Grau, keinen Schatten, nichts, was die Perspektive bestimmen könnte. Zwei dunkelblau gekleidete Mädchen spulen eine rote Docke ab.

ERSTES MÄDCHEN

Knäuelchen, Knäuelchen,
was willst du, was machst du?

ZWEITES MÄDCHEN

Jasmin aus Gewändern,
Kristall aus Papier.

Um vier Uhr erwach ich,
um zehn Uhr entschlaf ich.
Wollfädchen bin ich,
dein Fußkettchen bin ich,
und Knoten bin ich,
der drückend den bitteren
Lorbeer umgarnt.

KIND *tritt ein, singend:*

Wart ihr auf der Hochzeit?

ERSTES MÄDCHEN

Nein.

KIND

Auch ich war nicht dort.
Was ist wohl geschehn
in der Weinberge Reben?
Was ist wohl geschehn
im Olivengezweig?
Was ist wohl geschehn,
daß niemand zurückkehrt?
Wart ihr auf der Hochzeit?

ZWEITES MÄDCHEN

Wir sagten schon nein.

KIND *fortgehend:*

Auch ich war nicht dort.

ZWEITES MÄDCHEN

Knäuelchen, Knäuelchen,
was willst du erzählen?

ERSTES MÄDCHEN

Von wächsernen Wunden,
von myrtenem Schmerz.
Vom Schlafen am Morgen
und Wachen zur Nacht.

KIND *an der Tür:*
Auf Kieselstein stößt
der wollene Faden,
doch lassen vorbei ihn
die Berge, die blauen.
Renne, renne nur, renne,
denn dann kommt das Messer,
und nimmt dir das Brot. *Ab.*

ZWEITES MÄDCHEN
Knäuelchen, Knäuelchen,
was willst du wohl sagen?

ERSTES MÄDCHEN
Galan ohne Sprache.
Karmesinroter Bräut'gam.
Ich sah sie an stummen
Ufern gestreckt.
Sie halten ein
und sehen die Docke an.

KIND *lugt durch die Tür:*
Renn, renne nur, renne,
mein Fädchen, bis hier.
Ich höre sie kommen,
mit Schlamm überdeckt.
Liegende Leiber –
Elfenbeintücher. *Ab.*

Leonardos Frau und Schwiegermutter kommen verängstigt.

ERSTES MÄDCHEN Kommen sie schon?
SCHWIEGERMUTTER *herb:* Wissen wir nicht.
ZWEITES MÄDCHEN Wie war denn die Hochzeit?
ERSTES MÄDCHEN Erzähl mir doch…
SCHWIEGERMUTTER *kurz:*
Nichts.

FRAU

Ich möchte zurückgehn,
um alles zu wissen.

SCHWIEGERMUTTER *energisch:*

Du – gehst nach Haus.
Einsam und tapfer
bleibst du im Haus.
Altre und weine.
Bei geschlossener Tür.
Nicht lebend, nicht tot.
Wir vernageln die Fenster.
Regen und Nacht
über bitteres Gras.

FRAU

Was ist wohl geschehn?

SCHWIEGERMUTTER

Nichts von Bedeutung.
Vors Gesicht einen Schleier.
Deine Kinder – sind deine
und weiter ist nichts.
Ein Aschenkreuz streu
auf die Stelle im Bett,
wo sein Kopfkissen lag. *Beide ab.*

BETTLERIN *in der Tür:*

Ein kleines Stückchen Brot, ihr Mädchen.

KIND

Geh!

Die Mädchen drängen sich aneinander.

BETTLERIN

Warum?

KIND

Weil du so seufzest: Geh doch!

ERSTES MÄDCHEN

Kind!

BETTLERIN

Ich hätte deine Augen fordern können!
Gewölk von Vögeln folgt mir. Willst du einen?

KIND

Ich will hier fort!

ZWEITES MÄDCHEN *zur Bettlerin:*

Beacht nicht, was es sagt!

ERSTES MÄDCHEN

Bist du vielleicht vom Flußweg hergekommen?

BETTLERIN

Von dorther kam ich.

ERSTES MÄDCHEN *schüchtern:* Darf ich etwas fragen?

BETTLERIN

Ich sah sie schon, sie kommen bald hierher:
Zwei Katarakte, im Geröll verronnen,
zwei Männer unterm Huf des Falben, still,
tot in der Schönheit der azurnen Nacht.
genießerisch:
Gefallen, ja, gestorben.

ERSTES MÄDCHEN

Alte, schweig!

BETTLERIN

Die Augen sind zu früh gebrochne Blüten,
die Zähne sind zwei Handvoll harschen Schnees.
Sie fielen beide, doch die Braut kehrt heim,
Kleider und Haar von rotem Blute rot.
Sie wiegen stumm sich unter ihren Tüchern
auf breiten starken Schultern großer Burschen.
Es war nicht anders. Und es war gerecht.

Schmutziger Sand bedeckt das lautere Gold.
Ab. Die Mädchen senken die Köpfe und gehen rhythmisch hinaus, während sie sprechen!

ERSTES MÄDCHEN

Schmutziger Sand.

ZWEITES MÄDCHEN

Auf lauterstem Gold. *Ab.*

KIND

Auf lauterstem Gold
tragen sie heim
vom Fluß die Geliebten.
Braun ist der eine,
braun ist der andre.
Traurige Nachtigall,
fliege und klag
über lauterem Gold!

Ab. Der Raum ist leer. Die Mutter kommt mit einer Nachbarin. Die Nachbarin weint.

MUTTER Schweig.

NACHBARIN Ich kann nicht.

MUTTER Schweig!! *An der Tür:* Ist niemand da? *Führt die Hände an die Stirn.* Mein Sohn müßte jetzt antworten. Aber mein Sohn ist ein verwelkter Blütenzweig. Der Sohn ist eine dunkle Stimme hinter Bergen. *Wütend zur Nachbarin:* Schweig!!! In diesem Hause will ich keine Klagen. Eure Tränen sind Tränen der Augen, nichts weiter, aber meine kommen, wenn ich allein bin, aus meinen Fußsohlen, aus meinen Wurzeln – und sie sind heißer als mein Blut.

NACHBARIN Komm zu mir; bleib nicht hier allein.

MUTTER Hier, hier will ich sein. Und ruhig. Alle sind tot. Jetzt werde ich mitternachts schlafen, schlafen, denn Messer und Pistolen schrecken mich nicht mehr.

Andre Mütter lehnen sich aus dem Fenster, vom Regen gepeitscht, und spähen nach ihren heimkehrenden Söhnen. Ich nicht. Mein Traum wird eine kalte Elfenbeintaube, die Kamelien aus Reif zum Friedhof trägt.
Nein – nein – nicht Friedhof, nicht Friedhof: Erdbett – Bett, das ihren Schlaf betreut und sie zum Himmel hinanwiegt.
Eine schwarz gekleidete Frau tritt ein, geht nach rechts und kniet dort nieder.
Zur Nachbarin: Nimm die Hand vom Gesicht! Wir müssen schreckliche Tage überstehen. Ich will niemand sehen. Die Erde und ich. Mein Schmerz und ich. Und diese vier Wände. Ach! Ach!! *Sie setzt sich erschöpft.*

NACHBARIN Hab Mitleid mit dir selbst.

MUTTER *wirft sich das Haar nach hinten:* Ich muß gefaßt sein. *Setzt sich.* Die Nachbarinnen kommen. Sie sollen mich nicht so armselig sehen. So armselig! Eine Frau, die keinen Sohn hat, nichts, was ihre Lippen berühren könnten. *Die Braut kommt. Ohne Orangenblüten. Sie trägt einen schwarzen Umhang.*

NACHBARIN *sieht die Braut, wütend:* Wohin?

BRAUT Hierher.

MUTTER *zur Nachbarin:* Wer ist das?

NACHBARIN Erkennst du sie nicht?

MUTTER Darum frage ich, wer das ist. Denn ich darf sie nicht erkennen, um ihr nicht die Zähne in den Hals zu schlagen. Viper! *Geht mit zerschmetternder Gebärde auf die Braut zu; beherrscht sich. Zur Nachbarin:* Siehst du sie? Sie ist hier – sie weint – und ich bleibe ruhig und reiße ihr nicht die Augen aus. Ich begreife mich nicht. Sollte ich meinen Sohn nicht geliebt haben? Und seine

Ehre? Wo ist seine Ehre? *Schlägt die Braut, die zu Boden stürzt.*

NACHBARIN Um Gottes willen! *Versucht sie zu trennen.*

BRAUT *zur Nachbarin:* Laß sie. Ich bin gekommen, damit sie mich umbringe und man mich zu ihnen trage. *Zur Mutter:* Nicht mit den Händen – mit eisernen Haken, mit einer Sichel, mit aller Kraft, bis sie an meinen Knochen zerbricht. Laß sie! Denn sie soll wissen, daß ich rein bin, daß ich wahnsinnig werde, aber daß man mich verscharren kann, ohne daß ein Mann sich jemals im weißen Glanz meiner Brust gespiegelt hat!

MUTTER Schweig! Schweige! Was bedeutet mir das?

BRAUT Weil ich dem andren folgte, weil ich ihm folgte! *Angstvoll.* Auch du wärest ihm gefolgt. Ich war ein Weib, das in Gluten verbrannte, innen und außen voll ätzender Wunden, und dein Sohn war ein wenig Wasser, von dem ich Söhne, Grund und Genesung erwartete; aber der andre war ein dunkeler Strom unter Zweigen, der mir das Rauschen seiner Binsen zuraunte und seinen geheimnisvollen verhaltenen Gesang. Ich ging mit deinem Sohn, der wie ein kühles Bächlein war, und der andre schickte mir Hunderte von Vögeln, und der Schlag ihrer Flügel ließ mich stehenbleiben, und aus ihren Schnäbeln fiel Reif auf meine Wunden, auf die Wunden eines armen verdorrenden Weibes, eines vom Feuer geliebkosten Mädchens. Ich habe es nicht gewollt, hörst du? Ich wollte nicht. Hörst du? Ich wollte nicht! Dein Sohn war mein Wunsch, und ich habe ihn nicht betrogen, aber der Arm des andren riß mich zu sich wie Meeresbrandung, ich stürzte ihm zu wie vom Kopfstoß eines Maultiers getroffen, und er hätte mich immer nachgeschleift, immer, und wenn ich alt geworden wäre und alle Söhne deines Sohnes mich an den Haaren festgehalten hätten! *Eine Nachbarin tritt ein.*

MUTTER Sie hat keine Schuld. Ich habe keine Schuld. *Sarkastisch.* Wer hat sie denn? Ein schwaches, zartes, schlafloses Weib, das seine Brautkrone wegwirft um ein Stück von einem Bett, das eine andre Frau angewärmt hat!

BRAUT Schweig! Schweig! Räch dich an mir! Hier bin ich. Sieh meinen weichen Hals. Er macht dir weniger Arbeit als eine Dahlie deines Gartens zu schneiden. Aber – das nicht! Keusch bin ich, keusch wie ein eben geborenes Kind. Und stark, um es dir zu beweisen. Fache die Kohlen an! Die Hände ins Feuer! Du für deinen Sohn, ich für meinen Leib. Du wirst sie zuerst zurückziehen.

Noch eine Nachbarin tritt ein.

MUTTER Was kümmert mich deine Keuschheit? Was dein Tod? Was überhaupt? Gebenedeit sei das Korn, denn meine Söhne liegen unter ihm. Gebenedeit sei der Regen, denn er netzt das Antlitz der Toten. Gebenedeit sei Gott, denn er eint in gemeinsamer Ruhe. *Eine andere Nachbarin tritt ein.*

BRAUT Laß mich mit dir weinen.

MUTTER Weine. Doch an der Tür.

Das Kind tritt ein. Die Braut bleibt an der Tür, die Mutter im Mittelpunkt der Bühne.

FRAU *tritt ein und geht nach links:*

Er war ein herrlicher Reiter,
jetzt ist er ein schmelzender Schnee.
Er jagte durch Feste und Berge
und durch die Arme der Frauen.
Jetzt krönt ihm die kühne Stirne
nächtliches schweigendes Moos.

MUTTER

Blüte der Sonnenblume,

Spiegel der Erde warst du
der Mutter, die einst dich gebar.
Deine Brust behüte ein Kreuz
aus bitteren Lorbeerrosen,
ein Laken aus schimmernder Seide
schwebe hernieder auf dich.
Und das Wasser werde zur Klage
dir zwischen den ruhigen Händen.

FRAU

Ach, vier stattliche Burschen
kommen mit todmüden Schultern!

BRAUT

Ach, vier schöne Galane
tragen den Tod durch die Luft!

MUTTER Nachbarinnen.

KIND *in der Tür:* Sie bringen sie schon.

MUTTER So mögen sie kommen. Das Kreuz!
Man reicht ihr ein Kreuz.

FRAUEN

Süße Nägel,
süßes Kreuz,
süßer Name
Jesuschrist.

BRAUT

Tote und Lebende
schirme das Kreuz.

MUTTER

Nachbarinnen!
Mit einem Messer,
einem winzigen Messer,
eines Tags, der bestimmt war
zwischen drei Uhr und vier,

erstachen sich beide
Männer für Liebe.
Mit einem Messer,
einem winzigen Messer,
das eine Hand
kaum festhalten kann,
doch das listig das Fleisch
überrascht und hindurchdringt
und dort erst stillsteht,
wo die dunkle geheime
Wurzel des Schreis
verwirrt erzittert.

BRAUT

Und das ist ein Messer,
ein winziges Messer,
das eine Hand
kaum festhalten kann.
Fisch ohne Schuppen,
Fisch ohne Fluß,
damit eines Tages,
der vorher bestimmt war,
zwischen drei Uhr und vier,
durch dies winzige Messer
zwei kraftvolle Männer
mit wachsgelben Lippen
sterbend sich strecken.

MUTTER

Kaum faßt es die Hand,
doch kalt durchdringt es
das Fleisch, überraschend,
und bleibt erst dort stehn,
wo die dunkle geheime

Wurzel des Schreis
in Wirrnis erbebt.

Die Nachbarinnen knien nieder und weinen.

Vorhang

Yerma

Tragische Dichtung in drei Akten
und sechs Bildern
Aus dem Spanischen übertragen
von Enrique Beck

Personen

YERMA
MARIA · DOLORES
DIE UNGLÄUBIGE ALTE
SECHS WÄSCHERINNEN
ERSTES UND ZWEITES MÄDCHEN
ERSTE UND ZWEITE SCHWÄGERIN
ERSTE UND ZWEITE FRAU
DIE WEIBLICHE MASKE
KIND · JUAN · VICTOR
ERSTER, ZWEITER UND
DRITTER MANN
DIE MÄNNLICHE MASKE

ERSTER AKT
Erstes Bild

Während der Vorhang sich hebt, sitzt Yerma schlafend auf einem Stuhl mit einem Nähkörbchen zu ihren Füßen. Über der Szene liegt ein sonderbares Traumlicht. Ein Hirt kommt fast unhörbar, auf den Zehenspitzen, und sieht Yerma fest an. Er hält ein weiß gekleidetes Kind an der Hand. Die Uhr schlägt. Während der Hirt mit dem Kind entschwindet, wandelt sich die Beleuchtung zu fröhlicher Helle eines Frühlingsmorgens. Yerma erwacht.

LIED *Eine Stimme von innen:*
Schlafe ein, mein Kindchen, schlafe,
schlaf ein Schläfchen, und wir bauen
auf dem Lande uns ein Hüttlein,
dem wir zwei uns anvertrauen.

YERMA Juan, hörst du? Juan!

JUAN Ich komme.

YERMA Es ist Zeit.

JUAN Und die Ochsengespanne?

YERMA Sind schon vorbeigetrottet.

JUAN Bis nachher. *Schickt sich an zu gehen.*

YERMA Trinkst du nicht ein Glas Milch?

JUAN Wozu?

YERMA Du arbeitest schwer, und dein Körper ist den Anstrengungen nicht gewachsen.

JUAN Wenn die Männer hager bleiben, werden sie stark wie Stahl.

YERMA Aber nicht du. Als wir heirateten, warst du anders. Jetzt hast du ein blasses Gesicht, als ob es dir die Sonne nie beschiene. Es wäre mir lieber, wenn du zum Fluß gingest und schwömmest und auf das Dach stiegest, wenn der Regen unser Haus zerpeitscht. Vierundzwanzig Monate sind wir verheiratet, und du wirst immer trauriger, immer magerer, als ob du zurückwüchsest.

JUAN Bist du bald fertig?

YERMA *steht auf:* Nimm es mir nicht übel. Wenn ich krank wäre, würde ich mich gern von dir pflegen lassen. »Meine Frau ist krank« – und ich will diesen Hammel schlachten, um ihr ein kräftiges Mahl zu bereiten. »Meine Frau ist krank« – ich will dieses Hühnerschmalz verwahren, um ihren Husten zu lindern – ich will ihr diesen Schafspelz bringen, um ihre Füße vor dem Schnee zu schützen. So bin ich. Deshalb umsorge ich dich.

JUAN Und ich danke dir dafür.

YERMA Aber du läßt dich nicht umsorgen.

JUAN Mir fehlt ja nichts. Das sind doch alles nur Vermutungen von dir. Ich arbeite viel. Jahr für Jahr werde ich älter.

YERMA Jahr für Jahr. Du und ich leben hier so weiter – Jahr für Jahr.

JUAN *lächelnd:* Natürlich. Ruhig und friedlich. Die Arbeit ernährt uns gut, und wir haben keine Kinder, die kosten.

YERMA Wir haben keine Kinder... Juan!

JUAN Nun?

YERMA Habe ich dich etwa nicht lieb?

JUAN Du hast mich lieb.

YERMA Ich kenne Mädchen, die gezittert und geweint haben, bevor sie sich zu ihren Männern legten. Habe ich geweint, als ich das erste Mal in deinem Bette schlief? Habe ich nicht gesungen, als ich die holländischen Laken umschlug? Und sagte ich dir nicht: wie riecht diese Wäsche nach Äpfeln!?

JUAN Das hast du gesagt!

YERMA Meine Mutter weinte, weil ich es nicht bedauerte, mich von ihr zu trennen. Noch niemand hat sich mit solcher Freude verheiratet. Und trotzdem…

JUAN Schweig. Es macht mir zu viel Mühe, jeden Augenblick zu hören…

YERMA Nein. Wiederhole mir nicht, was man sagt. Ich sehe mit meinen eigenen Augen, daß es so nicht sein darf… Wenn es immer und immer wieder regnet, erweichen sich sogar die Steine und lassen sich Rauken entlocken, von denen die Leute sagen, sie seien zu nichts nütze. »Rauken sind Unkraut« – aber ich sehe sehr wohl, daß sie ihre gelben Blüten im Winde wiegen.

JUAN Man muß abwarten.

YERMA Ja; und mit Liebe. *Sie umarmt und küßt ihren Mann, aber aus eignem Antrieb.*

JUAN Sag mir, wenn du etwas brauchst; ich werde es dir mitbringen. Du weißt ja, ich mag es nicht, daß du ausgehst.

YERMA Ich gehe nie aus.

JUAN Du bist hier besser aufgehoben.

YERMA Ja.

JUAN Die Straße gehört den Nichtstuern.

YERMA *schwermütig:* Gewiß.

Juan geht. Yerma wendet sich der Näharbeit zu, führt die Hand über den Leib, hebt die Arme hoch und beginnt, mit einem prachtvollen Gähnen, zu nähen.

YERMA

Woher kommst du, Geliebtes, mein Kindchen?

– Aus der Mähne komm ich der harten Kälte.
Was brauchst du, Geliebtes, mein Kindchen?
– Den wolligen Flaum deines weichen Kleides.
Sie fädelt die Nadel ein.
Wiegt euch, ihr Zweige, im Lichte der Sonne!
Quellen sprudelt und murmelt ringsum!
Wie mit einem Kinde sprechend:
Es bellt das Hündchen im Hofe,
es singt der Wind in den Bäumen.
Die Rinder muhen dem Hirten,
und es kräuselt der Mond meine Haare.
Was willst du, mein Kind, aus der Ferne? *Pause.*
Auf der Brust erstrahlen weiß dir die Berge.
Wiegt euch, ihr Zweige, im Lichte der Sonne!
Quellen, sprudelt und murmelt ringsum!
Nähend.
Mein Herzblatt, du hast mich geknickt,
du hast mich, ich sag dirs, zerbrochen.
Es schwellt mir der Schmerz diese Hüften,
deine erste, weicheste Wiege.
Wann wirst du kommen, mein Kindchen?
Pause.
Wenn dein Leib Jasminduft verhaucht.
Wiegt euch, ihr Zweige, im Lichte der Sonne!
Quellen, sprudelt und murmelt ringsum!

Yerma singt weiter. Maria tritt ein mit einem Tuchbündel.

Woher kommst du?

MARIA Aus dem Laden.

YERMA So früh aus dem Laden?

MARIA Ich hätte sogar zu meinem Vergnügen vor der Tür gewartet, bis sie geöffnet worden wäre; was habe ich wohl gekauft?

YERMA Kaffee zum Frühstück, Zucker, Brot.

MARIA Nein. Ich habe Spitzen gekauft, drei Ellen Leinen, Bänder und bunte Wolle, um Troddeln zu machen. Mein Mann hatte das Geld, und er selbst hat es mir gegeben.

YERMA Du wirst dir eine Bluse machen.

MARIA Nein – es ist wegen... weißt du?

YERMA Was?

MARIA Weil es schon da ist!!

Sie senkt den Kopf. Yerma erhebt sich und blickt sie bewundernd an.

YERMA In fünf Monaten!

MARIA Ja.

YERMA Hast du es schon gespürt?

MARIA Natürlich.

YERMA *neugierig:* Und was empfindest du?

MARIA Ich weiß nicht. Angst.

YERMA Angst. *Ganz dicht neben Maria stehend.* Aber... wann ist es angekommen? Sag es mir. Du warst ganz sorglos.

MARIA Ja, sorglos...

YERMA Sicherlich sangst du gerade, nicht wahr? Ich sänge. Du..., sprich doch...

MARIA Frag mich nicht. Hast du noch nie einen lebenden Vogel in der Hand gehalten?

YERMA Doch.

MARIA Also... genau so... aber innen... im Blut.

YERMA Wie herrlich! *Sieht sie verzückt an.*

MARIA Ich bin fassungslos. Ich weiß nichts.

YERMA Wovon?

MARIA Was ich zu tun habe. Ich werde meine Mutter fragen.

YERMA Wozu? Sie ist alt und hat sicher schon alles vergessen. Geh nicht viel, und wenn du atmest, dann atme so leicht, als ob du eine Rose zwischen den Lippen hättest.

MARIA Hör mal, man sagt, daß es einen später sanft mit den Beinchen stößt.

YERMA Dann liebt man es erst recht. Dann sagt man schon: mein Kind!

MARIA Trotz alledem schäme ich mich.

YERMA Was hat dein Mann dazu gesagt?

MARIA Nichts.

YERMA Liebt er dich sehr?

MARIA Das sagt er mir nicht, aber er schmiegt sich an mich, und seine Augen beben wie zwei grüne Blätter.

YERMA Wußte er, daß du…?

MARIA Ja.

YERMA Und woher wußte er das?

MARIA Ich weiß nicht. Aber in unserer Hochzeitsnacht flüsterte er es ohne Unterlaß mit seinem Munde an meiner Wange, so daß es mir fast scheint, als ob mein Kind ein Täuberich aus Glanz sei, den er mir durchs Ohr gestrahlt hat.

YERMA Glückliche!

MARIA Dabei kennst du alles viel besser als ich.

YERMA Was nützt mir das?

MARIA Das ist wahr! Aber warum ist es so? Von allen Bräuten, die damals heirateten, bist du die einzige…

YERMA So ist es eben. Gewiß, es ist immer noch Zeit. Bei Elena dauerte es drei Jahre und bei andren von damals, aus der Zeit meiner Mutter, noch länger; aber zwei Jahre und zwanzig Tage, wie bei mir, das ist zu viel, zu viel. Ich denke oft, daß es falsch ist, hier zu vergrämen. Viele Nächte gehe ich barfüßig auf den Hof, um auf Erde zu treten, ich weiß nicht, weshalb. Wenn ich so fortfahre, werde ich schließlich krank.

MARIA Komm her, Mädchen; du sprichst ja wie eine Greisin. Ich sage dir, niemand darf sich über diese Dinge beklagen. Eine Schwester meiner Mutter bekam erst nach vierzehn Jahren eins – das solltest du sehen: –, ein bildschönes Kind!

YERMA *sehnsüchtig:* Und was tat es?

MARIA Es brüllte wie ein junger Stier, mit der Kraft von tausend Grillen, die auf einmal zirpen, und es bepißte uns und zog uns an den Zöpfen, und als es vier Monate alt war, zerkratzte es uns das ganze Gesicht.

YERMA *lachend:* Aber das schmerzt doch nicht.

MARIA Ich sage dir...

YERMA Bah! Ich habe gesehen, wie meine Schwester ihr Kind säugte, mit einer ganz schrundigen Brust, und es tat ihr sehr weh, aber es war ein frischer Schmerz, gut und nötig für die Gesundheit.

MARIA Man sagt, daß man unter den Kindern viel leiden müsse.

YERMA Das ist nicht wahr. Das sagen die schwachen Mütter, die wehleidigen. Wozu haben sie sie denn? Ein Kind ist kein Rosenstrauß. Wir müssen leiden, um sie wachsen zu sehen. Ich glaube, daß wir die Hälfte unseres Blutes verlieren. Aber das ist gut, gesund, herrlich. Jede Frau hat Blut für vier oder fünf Kinder, und wenn sie keine bekommt, wird ihr Blut Gift, wie bei mir.

MARIA Ich weiß nicht, was mir fehlt.

YERMA Ich hörte immer, daß die Erstgebärenden vor Grauen vergehen.

MARIA *ängstlich:* Wir werden ja sehen... Wie gut du nähst...

YERMA *nimmt das Bündel:* Gib her. Ich schneide dir zwei Kleidchen zu. Und das?

MARIA Sind Windeln.

YERMA Gut. *Setzt sich.*

MARIA Dann also... auf später. *Nähert sich, und Yerma nimmt liebreich ihren Leib in die Hände.*

YERMA Lauf nicht über das holprige Pflaster.

MARIA Adiós. *Küßt sie. Ab.*

YERMA Komm bald wieder. *Yerma verharrt in der gleichen Stellung wie vorher. Dann nimmt sie die Schere und beginnt zuzuschneiden. Victor kommt.* Guten Tag, Victor.

VICTOR *grüblerisch und unerschütterlich ernst:* Und Juan?

YERMA Auf dem Felde.

VICTOR Was nähst du?

YERMA Ich schneide Windeln zu.

VICTOR *lächelnd:* Nanu?

YERMA *lacht:* Ich will sie mit Spitzen säumen.

VICTOR Wenn es ein Mädchen wird, gibst du ihr deinen Namen.

YERMA *zitternd:* Wie?...

VICTOR Ich freue mich für dich.

YERMA *fast erstickt:* Nein... sie sind nicht für mich. Sie sind für das Kind von Maria.

VICTOR Gut, wir wollen sehen, ob dich das Beispiel anfeuert. In diesem Hause fehlt ein Kind.

YERMA *zerquält:* Es fehlt!

VICTOR Also vorwärts! Sag deinem Mann, er soll weniger an seine Arbeit denken. Er will Geld scheffeln, und er tut es, aber wem hinterläßt er es, wenn er stirbt? Ich gehe jetzt mit den Schafen. Bestelle Juan, er möchte die beiden zu sich nehmen, die er gekauft hat, und was das andere betrifft, so möge er sich mehr d a r e i n vertiefen! *Geht lächelnd ab.*

YERMA *leidenschaftlich:*

Das! Mehr darein vertiefen!
Mein Herzblatt, du hast mich geknickt,
du hast mich, ich sag dirs, zerbrochen.
Es schwellt mir der Schmerz diese Hüften,
deine erste, weicheste Wiege.
Wann wirst du kommen, mein Kindchen?
Wenn dein Leib Jasminduft verhaucht.

Yerma, die sich in nachdenklicher Haltung erhebt und dahin geht, wo Victor gestanden hat, atmet tief, wie wenn sie Bergluft einsöge, wendet sich zur andren Seite des Zimmers, wie wenn sie etwas suche, setzt sich und nimmt ihr Nähzeug wieder zur Hand. Sie beginnt zu nähen, wobei sie ihre Augen fest auf einen Punkt heftet.

Vorhang

Zweites Bild

Feld. Yerma kommt. Sie trägt einen Korb. Die Alte tritt auf.

YERMA Guten Tag.

ALTE Guten Tag, schönstes Mädchen. Wohin des Wegs?

YERMA Ich habe meinem Mann das Essen gebracht. Er arbeitet in den Oliven.

ALTE Bist du schon lange verheiratet?

YERMA Drei Jahre.

ALTE Hast du Kinder?

YERMA Nein.

ALTE Ach, die werden schon kommen.

YERMA *sehnsüchtig:* Glauben Sie?

ALTE Warum nicht? *Setzt sich.* Auch ich habe soeben meinem Mann das Essen gebracht. Er ist schon alt. Arbeitet immer noch. Ich habe neun Kinder wie neun Sonnen, aber da keines ein Mädchen ist, muß ich überall sein und hin und her laufen.

YERMA Sie wohnen auf der anderen Flußseite?

ALTE Ja. Bei den Windmühlen. Aus welcher Familie bist du?

YERMA Ich bin eine Tochter Enriques des Hirten.

ALTE Ah, Enrique der Hirt. Ich habe ihn gekannt. Prächtige Familie. Aufstehen, schwitzen, ein paar Brote essen und sterben. Kein Spiel, nichts. Die Jahrmärkte den andren. Geschöpfe des Schweigens. Ich hätte mich mit einem deiner Onkel verheiraten können. Aber pah! Ich bin eine von den Frauen gewesen mit flatternden Röckchen und schoß hurtig hinter der Melonenschnitte, dem Fest, dem Zuckertörtchen her... Oft habe ich mich beim Morgengrauen aus der Türe gebeugt und glaubte, Gitarrenklänge zu hören, die kamen und gingen, aber es war der Wind. *Sie lacht.* Du wirst dich über mich lustig machen. Ich habe zwei Männer gehabt und vierzehn Kinder; fünf sind gestorben; trotzdem bin ich nicht traurig und möchte noch viel länger leben. Und ich sage: Wie lange leben die Feigenbäume! Wie lange stehen die Häuser! Nur wir besessenen Weiber zerreißen uns für jede Dummheit.

YERMA Ich möchte Sie etwas fragen.

ALTE Nun? *Schaut sie an.* Ich weiß schon, was du mir sagen willst. Darüber kann man kein Wort sagen. *Steht auf.*

YERMA *hält sie an:* Warum nicht? Ihr Reden hat mir Vertrauen eingeflößt. Seit langem schon wünsche ich mir eine Aussprache mit einer alten Frau. Weil ich etwas wissen will. Ja. Sagen Sie mir...

ALTE Was?

YERMA *leiser sprechend:* Was Sie wissen. Warum bin ich unfruchtbar? Muß ich in der Blüte meines Lebens stehen, um Geflügel zu züchten oder gebügelte Gardinen an meinem Fensterchen aufzuhängen? Nein. Sie müssen mir sagen, was ich tun soll; ich werde alles tun, auch wenn Sie mir beföhlen, die empfindlichste Stelle meiner Augen mit Nägeln zu durchbohren.

ALTE Ich? Ich weiß nichts. Ich habe mich auf den Rücken gelegt und angefangen zu singen. Die Kinder kommen wie das Wasser. Ach! Wer wollte wohl sagen, daß dein Körper nicht schön ist? Du gehst, und am Ende der Straße wiehert das Pferd. Ich überlege mir viele Gedanken, die ich nicht preisgeben will.

YERMA Warum? Mit meinem Mann spreche ich über nichts andres.

ALTE Hör. Gefällt dir dein Mann?

YERMA Wie?

ALTE Ob du ihn liebst? Ob du gern bei ihm bist?...

YERMA Ich weiß nicht.

ALTE Erzitterst du nicht, wenn er sich dir nähert? Überkommt es dich nicht wie ein Traum, wenn er dir seine Lippen zuneigt? Rede!

YERMA Nein. Das habe ich nie empfunden.

ALTE Niemals? Auch nicht, wenn du getanzt hast?

YERMA *sich erinnernd:* Vielleicht... einmal... Victor...

ALTE Weiter.

YERMA Er umfaßte meine Hüften, und ich konnte ihm nichts sagen, weil ich nicht sprechen konnte. Ein anderes Mal, mit vierzehn Jahren – er war damals noch ein blutjunger Bursche –, nahm er mich auf die Arme, um über einen Berieselungskanal zu springen, und mich durchfuhr ein Schauer, daß mir die Zähne klapperten. Aber ich war damals noch sehr schüchtern.

ALTE Und mit deinem Mann...

YERMA Mit meinem Mann ist das etwas andres. Mein Vater gab ihn mir, und ich nahm ihn an. Mit Freude. Das ist die reine Wahrheit. Aber bereits am ersten Tage meiner Verlobung dachte ich schon... an die Kinder... Und ich spiegelte mich in seinen Augen. Ja, das tat ich, um mich da sehr klein, sehr fügsam zu sehen, als ob ich meine eigene Tochter sei.

ALTE Ganz das Gegenteil von mir. Vielleicht hast du deswegen nicht zur Zeit geboren. Die Männer müssen gefallen, Mädchen. Sie müssen uns die Zöpfe aufflechten und uns Wasser aus ihrem eignen Mund zu trinken geben. So geht es auf der Welt zu.

YERMA Auf deiner, nicht auf meiner. Ich denke an viele Dinge, an viele, und ich bin sicher, daß mein Sohn die Dinge, an die ich denke, verwirklichen wird. Für ihn habe ich mich meinem Manne ergeben und ich ergebe mich ihm weiter, um zu sehen, ob er kommt, aber niemals, um mich zu vergnügen.

ALTE Und das Ergebnis ist, daß du leer bist!

YERMA Nein, nicht leer, denn ich fülle mich immer mehr mit Haß. Sprich, habe ich die Schuld? Muß ich im Mann nichts als den Mann suchen? Und dann, was würden Sie denken, wenn er Sie im Bett mit traurigen Augen die Decke anstarren läßt und sich zur Seite dreht und schläft? Muß ich dabei an ihn denken oder an das, was leuchtend aus meiner Brust hervorgehen kann? Ich weiß es nicht, aber sag du es mir, aus Mitleid! *Sie wirft sich auf die Knie.*

ALTE Ach, welch offene Blüte! Was für ein herrliches Geschöpf bist du! Laß mich. Dränge mich nicht, mehr zu sagen. Ich will nicht mehr mit dir sprechen. Das sind Dinge der Ehre, und ich trete niemandes Ehre zu nahe. Du wirst es schon merken... auf alle Fälle solltest du weniger keusch sein.

YERMA *traurig:* Die Mädchen, die auf dem Lande aufwachsen wie ich, finden nur verschlossene Türen. Überall halbe Worte. Gesten, und alles das besagt, daß man nichts wissen soll. Und du auch, auch du schweigst und machst dich mit Gelehrtenmiene davon; du weißt alles, aber du weigerst dich der, die vor Durst vergeht.

ALTE Mit einer heiteren Frau würde ich darüber reden. Mit dir aber nicht. Ich bin alt und weiß, was ich sage.

YERMA So möge mich Gott beschützen.

ALTE Gott? Mir hat Gott nie gefallen. Wann werdet ihr endlich bemerken, daß es ihn nicht gibt? Es sind die Männer, die dich beschützen müssen.

YERMA Aber warum sagst du das mir, warum?

ALTE *fortgehend:* Obwohl es Gott geben müßte, auch wenn er nur winzig wäre, damit er Blitze gegen die Männer mit faulem Samen schleudern könnte, die die Fröhlichkeit der Felder in einen Sumpf verwandeln.

YERMA Ich weiß nicht, was du damit sagen willst.

ALTE Aber ich weiß, was ich tue. Sei nicht traurig. Hoffe, und verzage nicht, du bist noch sehr jung. Wie kann ich helfen? *Geht ab. Zwei Mädchen kommen.*

ERSTES MÄDCHEN Überall treffen wir Leute.

YERMA Es gibt Arbeit, die Männer sind in den Oliven, und wir müssen ihnen das Essen bringen. Nur die Alten bleiben zuhaus.

ZWEITES MÄDCHEN Gehst du ins Dorf zurück?

YERMA Ja, ins Dorf.

ERSTES MÄDCHEN Ich muß mich sehr beeilen. Ich habe das Kind schlafend zurückgelassen, und niemand ist daheim.

YERMA Dann hurtig, Mädchen. Kinder kann man nicht allein lassen. Haltet ihr Schweine?

ERSTES MÄDCHEN Nein. Aber du hast recht. Ich laufe schnell zurück.

YERMA Also spute dich. So ist das nun. Sicherlich hast du es dazu noch eingesperrt.

ERSTES MÄDCHEN Natürlich.

YERMA Ja, wißt ihr denn nicht, was ein kleines Kind ist? Jedes Ding, das uns ungefährlich scheint, kann es töten. Ein Nädelchen, ein Schlückchen Wasser.

ERSTES MÄDCHEN Das ist wahr. Ich renne. Ich habe mir das nicht gut überlegt.

YERMA Flugs!

ZWEITES MÄDCHEN Wenn du vier oder fünf hättest, würdest du nicht so viel Aufhebens davon machen.

YERMA Warum? Auch wenn ich vierzig hätte.

ZWEITES MÄDCHEN Jedenfalls leben wir ruhiger, du und ich, weil wir keine haben.

YERMA Ich nicht.

ZWEITES MÄDCHEN Ich ja! Was ihr euch ereifert! Meine Mutter hat auch nichts anderes zu tun, als mir Kräutchen einzugeben, damit ich welche bekomme, und im Oktober wallfahrten wir zu diesem Heiligen, von dem man sagt, daß er sie denen gewährt, die ihn inbrünstig anflehen. Meine Mutter wird ihn darum bitten. Ich nicht.

YERMA Warum hast du denn geheiratet?

ZWEITES MÄDCHEN Weil man mich verheiratet hat. Alle heiraten. Wenn es so weitergeht, wird es außer den Kindern keine Ledigen mehr geben. Gut – und dann ... heiratet man in Wirklichkeit viel früher als man zur Kirche geht. Aber die Alten mischen sich in alles. Ich bin neunzehn Jahre und habe keine Lust zu kochen und zu waschen. Herrlich; den ganzen Tag muß ich nun tun, was ich nicht mag. Und wozu? Wozu muß mein Mann mein Mann sein? Denn dieselben Scherze, die wir heute treiben, haben wir schon als Brautpaar getrieben. Dummheiten der Alten.

YERMA Schweig. Sprich nicht so.

ZWEITES MÄDCHEN Auch du wirst mich die Verrückte nennen, die Verrückte, die Verrückte! *Lacht.* Ich kann dir nur das eine sagen, was ich im Leben gelernt habe: alle Welt sitzt zuhause, gefangen, und tut, was ihr nicht gefällt. Wieviel schöner ist es draußen! Da gehe ich zum Flusse, da steige ich auf den Turm und läute die Glocken, da trinke ich einen erfrischenden Anis.

YERMA Du bist ein Kind.

ZWEITES MÄDCHEN Sicher, aber ich bin nicht verrückt. *Lacht.*

YERMA Wohnt deine Mutter nicht ganz oben, wo das Dorf aufhört?

ZWEITES MÄDCHEN Ja.

YERMA Im letzten Haus?

ZWEITES MÄDCHEN Ja.

YERMA Wie heißt sie?

ZWEITES MÄDCHEN Dolores. Weswegen fragst du?

YERMA Wegen nichts.

ZWEITES MÄDCHEN Wegen etwas wirst du doch gefragt haben?

YERMA Ich weiß nicht... nur so...

ZWEITES MÄDCHEN Auch gut... Siehst du, ich bringe jetzt meinem Mann das Essen. *Lacht.* Das muß man gesehen haben. Wie schade, daß ich nicht sagen kann: meinem Bräutigam, nicht wahr? Und nun geht die Verrückte! *Geht fröhlich lachend ab.* Adiós!

VICTORS STIMME *singend:*

Warum, Hirt, schläfst du allein?
Warum, Hirt, schläfst du allein?
In meiner wollenen Decke
schliefest du besser ein.
Warum, Hirt, schläfst du allein?

YERMA *horchend:*

Warum, Hirt, schläfst du allein?
In meiner wollenen Decke
schliefest du besser ein.
Dein Bett, Hirt, ist dunkeler Stein
und dein Hemd, Hirt, des Rauhreifes Schein.
Des Winters Binsen sind grau
in der Nacht deines Lagers so rauh.
Hast, Hirt, du dein Kissen entdeckt,
von der Eiche mit Nadeln besteckt?
Du hast Weibes Stimme erlauscht?
Ein Sturzbach, Hirt, hat dich berauscht!
Was will denn der Berg von dir, Hirt?
Welches Kindchen martert, verwirrt,
der bitteren Kräuter Berg?
Des stachligen Ginsters Werk!

Sie geht weiter und stößt auf Victor.

VICTOR *heiter:* Wohin, schönstes Wesen?

YERMA Hast du gesungen?

VICTOR Ich.

YERMA Wie gut! Ich hatte dich noch nie gehört.

VICTOR Nein?

YERMA Eine so mächtige Stimme. Wie ein Wasserstrahl, der dir den Mund ganz ausfüllt.

VICTOR Ich bin lustig.

YERMA Das merke ich.

VICTOR Wie du traurig.

YERMA Ich bin sonst nicht traurig, aber ich habe Grund traurig zu sein.

VICTOR Dein Mann ist noch trauriger als du.

YERMA Er ja. Er hat einen trockenen Charakter.

VICTOR Er war immer so. *Pause. Yerma setzt sich.* Hast du ihm das Essen gebracht?

YERMA Ja. *Sieht ihn an. Pause.* Was hast du da? *Zeigt auf sein Gesicht.*

VICTOR Wo?

YERMA *steht auf und nähert sich Victor:* Hier... Auf der Wange; wie ein Brandwunde.

VICTOR Das ist nichts.

YERMA Es schien mir so. *Pause.*

VICTOR Das kommt wohl von der Sonne.

YERMA Vielleicht... *Pause. Das Schweigen wird immer betonter, und ohne die geringste Bewegung beginnt ein Kampf zwischen beiden Personen.*

YERMA *zitternd:* Hörst du?

VICTOR Was?

YERMA Hörst du nicht weinen?

VICTOR *lauschend:* Nein.

YERMA Mir war so, als hätte ein Kind geweint.

VICTOR So?

YERMA Sehr nahe. Und es weinte wie erstickt.

VICTOR Hier herum gibt es immer viele Kinder, die Früchte stehlen.

YERMA Nein. Es ist die Stimme eines kleinen Kindes. *Pause.*

VICTOR Ich höre nichts.

YERMA Dann sind es wohl meine Illusionen. *Sieht ihn fest an.*

Victor fixiert sie auch und wendet dann langsam den Blick ab, wie wenn er Furcht hätte. Juan kommt.

JUAN Was tust du hier noch immer?
YERMA Ich sprach.
VICTOR Salud. *Ab.*
JUAN Du solltest zuhaus sein.
YERMA Ich habe mich unterhalten.
JUAN Ich verstehe nicht, womit du dich unterhalten hast.
YERMA Ich hörte die Vögel singen.
JUAN Schon recht. So wirst du ins Gerede der Leute kommen.
YERMA *heftig:* Juan, was fällt dir ein?
JUAN Ich sage es nicht deinetwegen, sondern wegen der Leute.
YERMA Der Teufel hole die Leute!
JUAN Fluch nicht. Das ist häßlich für eine Frau.
YERMA Wollte Gott, ich wäre eine Frau.
JUAN Lassen wir diese Unterhaltung. Geh heim. *Pause.*
YERMA Gut. Soll ich auf dich warten?
JUAN Nein. Ich werde die ganze Nacht die Felder berieseln. Es gibt wenig Wasser, meins steht mir bis zum Sonnenaufgang zu, und ich muß es vor den Dieben schützen. Du gehst zu Bett und schläfst.
YERMA *dramatisch:* Ich werde schlafen! *Ab.*

Vorhang

ZWEITER AKT
Erstes Bild

Lied bei aufgehendem Vorhang. Bergbach, in dem die Dorffrauen waschen. Die Wäscherinnen sind auf verschiedene Stellen verteilt. Sie singen:

Ich wasche im kalten
Bache dein Band,
dein Lachen blüht auf
wie glühnder Jasmin.

ERSTE WÄSCHERIN Ich mag nicht schwatzen.

DRITTE WÄSCHERIN Aber hier wird geschwatzt!

VIERTE WÄSCHERIN Es ist doch nichts Böses dabei.

FÜNFTE WÄSCHERIN Wer Ehren sucht, muß sie sich verdienen.

VIERTE WÄSCHERIN

Ich pflanzte Thymian
und sah ihn sprießen.
Wer Ehren liebt,
der lebe in Ehren. *Sie lachen.*

FÜNFTE WÄSCHERIN So sagt man.

ERSTE WÄSCHERIN Aber man weiß nie etwas.

VIERTE WÄSCHERIN Es steht fest, daß der Mann seine beiden Schwestern zu sich ins Haus genommen hat.

FÜNFTE WÄSCHERIN Die Ledigen?

VIERTE WÄSCHERIN Ja. Sie hatten das Amt, sich um die Kirche zu kümmern, und jetzt kümmern sie sich um ihre Schwägerin. Ich könnte nicht mit ihnen leben.

ERSTE WÄSCHERIN Warum?

VIERTE WÄSCHERIN Ich habe Angst vor ihnen. Sie sind wie diese großen Blätter, die sogleich aus den Gräbern schießen. Sie sind wie mit Wachs überzogen. Sie sind ganz in sich verkrochen. Ich könnte mir vorstellen, daß sie das Essen mit Brennöl kochen.

DRITTE WÄSCHERIN Sind sie schon im Hause?

VIERTE WÄSCHERIN Seit gestern. Er ist wieder auf seinen Äckern.

ERSTE WÄSCHERIN Aber wird man nie erfahren können, was vorgefallen ist?

FÜNFTE WÄSCHERIN Sie verbrachte die vorgestrige Nacht sitzend auf der Türschwelle, trotz der Kälte.

ERSTE WÄSCHERIN Aber warum denn?

VIERTE WÄSCHERIN Sie kann sich kaum überwinden, zuhause zu bleiben.

FÜNFTE WÄSCHERIN Diese unfruchtbaren Weiber sind so; wenn sie Spitzen häkeln oder Apfelmarmelade kochen könnten, überkommt es sie, auf das Dach zu steigen und barfüßig durch die Flußbetten zu irren.

ERSTE WÄSCHERIN Und wer bist du, daß du solche Dinge sagst? Sie hat keine Kinder, aber sie trifft keine Schuld.

VIERTE WÄSCHERIN Kinder hat, wer sie haben will. Die Verweichlichten, die Schwächlichen, die Süßlichen haben natürlich keine Lust, sich den Bauch zu verrunzeln.
Sie lachen.

DRITTE WÄSCHERIN Die pudern und schminken sich, stekken sich Oleanderbukette an und suchen einen, der nicht ihr Mann ist.

FÜNFTE WÄSCHERIN Das ist allzu wahr!

ERSTE WÄSCHERIN Habt ihr sie denn schon mit einem anderen gesehen?

VIERTE WÄSCHERIN Wir nicht, aber die Leute.

ERSTE WÄSCHERIN Immer die Leute!

FÜNFTE WÄSCHERIN Zweimal schon, sagt man.

ZWEITE WÄSCHERIN Und was taten sie?

VIERTE WÄSCHERIN Sie sprachen.

ERSTE WÄSCHERIN Sprechen ist keine Sünde.

VIERTE WÄSCHERIN Es gibt etwas ganz Besonderes auf dieser Welt – und das ist der Blick. Meine Mutter hat mir das gesagt. Es ist zweierlei, ob eine Frau Rosen oder die Schenkel eines Mannes ansieht. Sie sieht ihn an.

ERSTE WÄSCHERIN Aber wen?

VIERTE WÄSCHERIN Den – hast du verstanden? Paß doch selber auf – oder soll ich es deutlicher sagen? *Lachen.* Und wenn sie den nicht ansieht, weil sie allein ist, weil er nicht vor ihr steht, so hat sie sein Bild in den Augen.

ERSTE WÄSCHERIN Das ist erlogen! *Lärmendes Durcheinander.*

FÜNFTE WÄSCHERIN Und ihr eigner Mann?

DRITTE WÄSCHERIN Der ist wie taub. Reglos wie eine Eidechse in der Sonne.

Lachen.

ERSTE WÄSCHERIN Das alles würde sich einrenken, wenn sie Kinder hätten.

ZWEITE WÄSCHERIN Schwierigkeiten von Leuten, die sich nicht in ihr Schicksal fügen wollen.

VIERTE WÄSCHERIN Mit jeder Stunde wird die Hölle bei ihnen heißer. Ohne die Lippen zu öffnen, säubern ihre Schwägerinnen und sie das Haus, täglich, blänken das Kupfer, reinigen die Fenster mit Dampf, ölen den Fußboden – und je mehr das Haus glänzt, um so heftiger brennt es darin.

ERSTE WÄSCHERIN Er hat die Schuld, nur er. Wenn ein Mann keine Kinder macht, muß er sich um seine Frau kümmern.

VIERTE WÄSCHERIN Das ist ihre Schuld; sie hat statt der Zunge einen Feuerstein.

ERSTE WÄSCHERIN Welcher Teufel ist in dich gefahren, daß du so lästerst?

VIERTE WÄSCHERIN Und wer hat deinem Mund erlaubt, mir Ratschläge zu geben?

ZWEITE WÄSCHERIN Ruhe!

ERSTE WÄSCHERIN Ich möchte diese Tuschelzungen auf eine Stricknadel spießen.

ZWEITE WÄSCHERIN Ruhe!

VIERTE WÄSCHERIN Und ich die Brust der Heuchlerinnen!

ZWEITE WÄSCHERIN Ruhe! Siehst du nicht, daß die Schwägerinnen daherkommen?

Murmeln, Yermas zwei Schwägerinnen kommen. Sie tragen Trauer. Inmitten absoluter Stille fangen sie an zu waschen. Dann hört man die Glöckchen der Herden.

ERSTE WÄSCHERIN Sind die Schafhirten schon unterwegs?

DRITTE WÄSCHERIN Ja, jetzt kommen alle Herden.

VIERTE WÄSCHERIN *einatmend:* Ich habe den Geruch der Schafe gern.

DRITTE WÄSCHERIN So?

VIERTE WÄSCHERIN Warum nicht? Jeder liebt seinen eigenen Geruch. Wie ich den Geruch des roten Schlammes liebe, den der Fluß im Winter heranrollt.

DRITTE WÄSCHERIN Launen.

FÜNFTE WÄSCHERIN *auslugend:* Die Herden sind alle beieinander.

VIERTE WÄSCHERIN Eine Überschwemmung von Wolle! Sie fegen alles fort. Wenn der grüne Weizen Augen hätte, würde er bei diesem Anblick zittern.

DRITTE WÄSCHERIN Sieh nur, wie sie laufen! Eine wahre Teufelsschar!

ERSTE WÄSCHERIN Sie sind alle schon heraus. Keine fehlt.

VIERTE WÄSCHERIN Mal sehen... nein... eine fehlt.

FÜNFTE WÄSCHERIN Welche?

VIERTE WÄSCHERIN Victors. *Die beiden Schwägerinnen richten sich auf und schauen hin.*

Ich wasche im kalten
Bache dein Band.
Dein Lachen blüht auf
wie glühnder Jasmin.
Ich möchte wohl leben
im winzigen Schneefeld
dieses süßen Jasmins.

ERSTE WÄSCHERIN

Ach, Frau ohne Kinder!
Ach, versandete Brüste!

FÜNFTE WÄSCHERIN

Sag, ob dein Mann
seine Quelle noch hat,
daß die Wasser dein Hemd
freudig umsingen!

VIERTE WÄSCHERIN

Dein Hemd ist ein Schiff
Aus Silber – und Wind
an den Ufern des Flusses.

ERSTE WÄSCHERIN

Ich wasche die Wäsche
meines Kindchens am Ufer;
sie erteile dem Wasser
kristallene Lehren.

ZWEITE WÄSCHERIN

Mein Mann kommt vom Berge
herab um zu essen.

Eine Rose gibt er mir,
ich gebe ihm drei.

FÜNFTE WÄSCHERIN

Zum Abendbrot kommt
mein Mann von den Fluren.
Die Glut, die er mitbringt,
bedeck ich mit Myrten.

VIERTE WÄSCHERIN

Durch den Abendwind kommt
mein Mann, um zu schlafen.
Ich – rote Levkojen,
er – rote Levkoje.

ERSTE WÄSCHERIN

Und Blume werde an Blume gedrängt,
wenn der Sommer das Blut der Schnitter versengt.

VIERTE WÄSCHERIN

Wir öffnen den Leib
den schlaflosen Vögeln,
wenn zitternd der Winter
pocht an die Pforte!

ERSTE WÄSCHERIN

Wir seufzen ins Bettuch.

VIERTE WÄSCHERIN

Doch wollen wir singen!

FÜNFTE WÄSCHERIN

Wenn der Man uns den Kranz
mitbringt und Brot.

VIERTE WÄSCHERIN

Weil die Arme sich schlingen.

ZWEITE WÄSCHERIN

Weil uns das Licht
in der Kehle zerbricht.

VIERTE WÄSCHERIN
Weil die Stiele der Zweige
im Safte nun stehn.
ERSTE WÄSCHERIN
Und die Zelte des Windes
die Berge verhüllen.
SECHSTE WÄSCHERIN *oben am Bach auftauchend:*
Daß ein Kindlein des Dämmers
steife Kristalle zerschmelze.
ERSTE WÄSCHERIN
Unser Leib hat gewaltges
Korallengezweige.
SECHSTE WÄSCHERIN
Damit sich die Ruderer
auf den Meerwogen tummeln.
ERSTE WÄSCHERIN
Ein Kindchen, ein Kindchen.
ZWEITE WÄSCHERIN
Und es öffnen die Tauben
Schnabel und Flügel.
DRITTE WÄSCHERIN
Ein Kindchen, ein Söhnchen,
das seufzet und stöhnt.
VIERTE WÄSCHERIN
Und es nahn sich die Männer
wie verwundete Hirsche.
FÜNFTE WÄSCHERIN
Es rundet, o Freude,
unterm Hemd sich der Leib!
ZWEITE WÄSCHERIN
O Freude des Nabels,
des Kelchs aller Wunder!

ERSTE WÄSCHERIN

Ach, Frau ohne Kinder!
Ach, versandete Brüste!

DRITTE WÄSCHERIN

Erstrahle!

VIERTE WÄSCHERIN

Und renne!

FÜNFTE WÄSCHERIN

Strahl wieder!

ERSTE WÄSCHERIN

Und singe!

ZWEITE WÄSCHERIN

Verbirg dich!

ERSTE WÄSCHERIN

Sing wieder!

SECHSTE WÄSCHERIN

Das Morgenrot trägt
mein Kind in der Schürze.

ZWEITE WÄSCHERIN *und alle im Chor:*

Ich wasche im kalten
Bache dein Band.
Dein Lachen blüht auf
wie glühnder Jasmin.
Ha – ha!

Sie schwenken die Wäsche im Rhythmus und klopfen sie.

Vorhang

Zweites Bild

Yermas Haus. Es dämmert allmählich. Juan sitzt. Die beiden Schwägerinnen stehen.

JUAN Sagtest du nicht, sie sei gerade fortgegangen? *Die ältere Schwester nickt mit dem Kopf.* Sie wird wohl am Brunnen sein. Aber ihr wißt doch, daß ich es nicht leiden kann, wenn sie allein fortgeht. *Pause.* Du kannst den Tisch decken. *Die jüngere Schwester ab.* Das Brot, das ich esse, habe ich mir sauer verdient. *Zu seiner Schwester:* Ich habe gestern einen harten Tag gehabt. Ich habe die Apfelbäume beschnitten, und als es dunkel wurde, dachte ich darüber nach, warum ich mich wohl so sehr mit der Arbeit plage, wenn ich mir nicht einmal einen Apfel gönnen darf. Ich habe es satt. *Streicht sich mit der Hand über das Gesicht. Pause.* Die kommt nicht… Eine von euch sollte sie immer begleiten, denn dazu seid ihr ja da und eßt an meinem Tisch und trinkt meinen Wein. Mein Leben ist auf den Feldern, aber meine Ehre ist hier. Und meine Ehre ist auch die eure. *Die Schwester senkt den Kopf.* Nimm es mir nicht übel. *Yerma tritt mit zwei Wasserkrügen – cántaros – ein. Sie bleibt in der Tür stehen.* Kommst du vom Brunnen?

YERMA Damit wir frisches Wasser zum Essen haben. *Die andere Schwester kommt.* Wie sieht es auf den Feldern aus?

JUAN Ich habe gestern die Apfelbäume beschnitten.

Yerma stellt die Wasserkrüge ab. Pause.

YERMA Bleibst du da?

JUAN Ich muß nach den Herden sehen. Du weißt, das ist die Arbeit des Patrons.

YERMA Das weiß ich sehr gut. Du brauchst es mir nicht zu wiederholen.

JUAN Jeder Mann lebt sein Leben.

YERMA Und jede Frau das ihre. Ich verlange nicht von dir, daß du dableibst. Ich habe hier alles, was ich brauche. Deine Schwestern passen gut auf mich auf. Für mich, hier, frisches Brot, Quark und Lammbraten; für deine Herden auf dem Berge – taubesprühte Weide. Ich glaube, du kannst in Frieden leben.

JUAN Um in Frieden zu leben, muß man ruhig sein.

YERMA Und du bist nicht ruhig.

JUAN Ich bin nicht ruhig.

YERMA Laß die Hintergedanken.

JUAN Kennst du denn nicht meine Art und Weise? Die Schafe im Pferch – die Frauen im Haus. Du gehst zu oft fort. Habe ich dir das nicht häufig genug gesagt?

YERMA Natürlich. Die Frauen im Haus. Wenn die Häuser keine Gräber sind. Wenn die Stühle durch den Gebrauch brüchig werden und die Bettücher verschleißen. Aber nicht hier. Jeden Abend, wenn ich mich schlafen lege, finde ich mein Bett neuer, leuchtender; wie wenn es kürzlich aus der Stadt geschickt worden wäre.

JUAN Du siehst also ein, daß ich recht habe, mich zu beklagen. Daß ich Gründe habe, wachsam zu sein.

YERMA Wachsam? Warum? Ich trete dir nicht zunahe. Ich lebe ergeben für dich und was ich leide, verberge ich in meinem tiefsten Innern. Und jeden Tag geht es mir schlechter. Und es wird mit jedem Tag schlimmer. Ich werde mein Kreuz, so gut ich kann, zu tragen wissen, aber frage mich nach nichts. Wenn ich sofort eine alte Frau werden könnte, mit einem Munde wie eine zerquetschte Blüte, dann würde ich dir zulächeln und das Leben mit dir teilen. Aber jetzt laß mich allein mit meinem nagenden Kummer.

JUAN Du sprichst in einer Art, die ich nicht verstehe. Ich enthalte dir nichts vor. Ich lasse dir aus den benachbarten Dörfern kommen, was dir gefällt. Ich habe meine Fehler, aber ich will ruhig und friedlich mit dir leben. Ich will draußen schlafen und denken können, daß auch du schläfst.

YERMA Aber ich schlafe nicht, ich kann nicht schlafen.

JUAN Fehlt dir etwas? Sag es mir doch. Antworte!

YERMA *absichtlich betonend und ihrem Mann unverwandt anblickend:* Ja, es fehlt mir etwas. *Pause.*

JUAN Immer dasselbe. Seit mehr schon als fünf Jahren. Ich vergesse es fast.

YERMA Aber ich bin nicht du. Die Männer führen ein anderes Leben – das Vieh, die Bäume, die Unterhaltungen. Wir Frauen haben nichts als die Kinder und die Sorge um sie.

JUAN Die Menschen sind nicht alle gleich. Warum holst du nicht ein Kind deines Bruders? Ich habe nichts dagegen.

YERMA Ich will nicht die Kinder anderer aufziehen. Ich könnte mir vorstellen, daß meine Arme zu Eis würden, wenn ich sie darin hielte.

JUAN Mit diesen kranken Gedanken lebst du ohne Vernunft, ohne an deine Pflichten zu denken, und hartnäckig stößt du deinen Kopf an einen Felsen.

YERMA Felsen – das ist schändlich, daß ein Felsen sein soll, was ein Blumenkorb sein könnte und süßes Wasser.

JUAN An deiner Seite spürt man nur Unruhe und Erregung. Schließlich mußt du doch verzichten.

YERMA Ich bin in diese vier Wände gekommen, um nicht zu verzichten. Wenn mein Kopf mit einem Tuch umwunden ist, damit mein Mund sich nicht öffnet, wenn meine Hände im Sarg fest verschränkt sind, dann, in der Stunde, werde ich verzichten.

JUAN Also, was willst du tun?

YERMA Ich will Wasser trinken, aber es gibt kein Glas und kein Wasser. Ich will auf den Berg steigen, aber ich habe keine Füße. Ich will meine Röcke besticken, aber ich finde kein Garn.

JUAN Ich will dir sagen, was ist: du bist keine wirkliche Frau und suchst den Ruin eines willensschwachen Mannes.

YERMA Ich weiß nicht, wer ich bin. Laß mich fort und aufatmen. Ich habe mich nicht im geringsten gegen dich vergangen.

JUAN Ich mag nicht, daß die Leute auf mich zeigen. Darum wünsche ich, daß die Tür geschlossen und jeder im Hause bleibt.

Die erste Schwester kommt langsam und nähert sich einem Wandschrank.

YERMA Mit den Leuten plaudern ist keine Sünde.

JUAN Aber es kann so aussehen.

Die andere Schwester tritt ein und geht auf die Wasserkrüge zu, aus denen sie eine Kanne füllt.

JUAN *leiser:* Ich kann es nicht ertragen. Wenn sie mit dir sprechen, halte den Mund und bedenke, daß du eine verheiratete Frau bist!

YERMA *erstaunt:* Verheiratet!

JUAN Und daß die Familien eine Ehre haben – eine Verpflichtung, die sich auf alle verteilt. *Die Schwester mit der Kanne langsam ab.* Aber die verborgen und unmerklich in den Adern unsres Blutes wohnt. *Die andere Schwester geht in fast prozessionsähnlicher Weise mit einer Schüssel hinaus. Pause.* Verzeih mir. *Yerma sieht ihren Mann scharf an; dieser hebt den Kopf und kreuzt ihren Blick.* Obwohl du mich derartig anschaust, daß ich dir nicht sagen sollte: Verzeih mir – sondern dich zähmen, einschließen: denn ich bin dein Mann.

Beide Schwestern erscheinen in der Tür.

YERMA Bitte, sei still. Laß die Angelegenheit. *Pause.*

JUAN Wir wollen essen. *Die Schwestern ab.* Hast du gehört?

YERMA *sanft:* Iß du mit deinen Schwestern. Ich habe noch keinen Hunger.

JUAN Wie du willst. *Geht hinein.*

YERMA *wie wenn sie träume:*

Ach, welche Weide der Pein!
Der Schönheit Pforte geschlossen!
Denn es hungert mich nach den Schmerzen
der Gebärerin, doch bieten die Lüfte
statt eines Sohnes die Dahlien
des schlafenden Mondes mir an.
Der laulichen Milch beide Borne
sind zwei Schläge von Pferdehufen,
die den Zweig meiner Angst im Dickicht
meines Fleisches erzittern lassen.
Mein Gewand birgt erblindende Brüste!
O trübe, auglose Tauben!
Mit giftigen Wespenstacheln
zersticht meinen Nacken die Folter
des eingekerkerten Blutes!
Doch du kommst, mein Herzblatt, mein Kindchen,
denn das Wasser gibt Salz, und die Erde
trägt Früchte, und liebliche Kinder
hegt unser Schoß – wie die Wolke
erquickenden Regen herbeiträgt.

Sie sieht zur Türe. Maria! Warum gehst du so schnell an meiner Tür vorbei?

MARIA *tritt ein mit einem Kind auf dem Arm:* Ich tu das, wenn ich mit dem Kinde gehe, weil... du weinst, wie immer!

YERMA Du hast recht. *Nimmt das Kind und setzt sich.*

MARIA Es stimmt mich traurig, daß du mich beneidest.

YERMA Es ist kein Neid; es ist Armut.

MARIA Beklage dich nicht.

YERMA Wie sollte ich mich nicht beklagen, wenn ich dich und die anderen Frauen sehe, im Innersten voll Blumen, und wenn ich mich sehe, so unnütz inmitten aller Schönheit!

MARIA Aber du hast andere Dinge. Wenn du auf mich hörtest, könntest du glücklich sein.

YERMA Die Bäurin, die keine Kinder gebiert, ist unnütz wie eine Handvoll Dornbüschel, ja schlecht, wiewohl auch ich von dem Abfall bin, den Gott aus seiner Hand fallen ließ.

Maria macht eine Bewegung, wie wenn sie das Kind nehmen wolle. Nimm es, bei dir ist es zufriedener. Ich muß wohl keine Mutterhände haben.

MARIA Warum sagst du mir das?

YERMA *erhebt sich:* Weil ich es satt bin. Weil ich es satt bin, sie zu haben und nicht mit ihnen umgehen zu können wie mit meinen eigenen. Weil ich beleidigt bin, beleidigt und gedemütigt bis ins tiefste, wenn ich sehe, daß der Weizen sprießt, daß den Quellen Wasser entspringt und immer wieder Wasser, und daß die Schafe Hunderte von Lämmern gebären, und die Hündinnen werfen, und weil es scheint, daß das ganze Land aufsteht, um mir seine zarten schläfrigen Geschöpfe zu zeigen, während ich hier zwei Hammerschläge verspüre statt meines Kindes Mund.

MARIA Es gefällt mir nicht, was du da sagst.

YERMA Ihr Frauen mit Kindern könnt nicht an uns denken, an uns kinderlose. Ihr bleibt frisch, unwissend, wie der, der im Süßwasser schwimmt, nicht weiß, was Durst ist.

MARIA Ich will dir nicht wiederholen, was ich dir stets predige.

YERMA Meine Wünsche wachsen immer mehr, und meine Hoffnungen werden immer kleiner.

MARIA Das ist übel.

YERMA Schließlich glaube ich noch, daß ich mein eigenes Kind bin. An vielen Abenden gehe ich hinunter und füttere die Rinder, was ich früher nie tat, denn keine Frau tut es, und wenn ich im Dunkeln durch den dunklen Schuppen gehe, dann hallen meine Schritte wie Männerschritte.

MARIA Jedes Geschöpf nach seiner Art.

YERMA Trotz allem – hab mich weiter lieb. Du siehst ja, wie ich lebe.

MARIA Und deine Schwägerinnen?

YERMA Du sollst mich tot und ohne Leichentuch sehen, wenn ich je ein Wort an sie richte!

MARIA Und dein Mann?

YERMA Drei gegen mich!

MARIA Was denken sie?

YERMA Hirngespinste. Leute, die kein reines Gewissen haben. Die glauben, mir könnte ein andrer Mann gefallen, und nicht sehen, daß Menschen meines Schlages die Ehre über alles geht – selbst wenn er mir gefiele. Sie sind Steine auf meinem Weg. Aber sie wissen nicht, daß ich, wenn ich will, Stromschnelle sein kann, die sie hinwegspült. *Eine Schwester kommt und geht mit einem Brot wieder hinaus.*

MARIA Aber ich glaube ganz gewiß, daß dein Mann dich immer liebt.

YERMA Mein Mann gibt mir Haus und Brot.

MARIA Was für Nöte mußt du ausstehn, was für Nöte! Aber denk an die Wunden Unseres Herrn. *Sie stehen bei der Tür.*

YERMA *betrachtet das Kind:* Jetzt ist es erwacht.

MARIA Bald wird es anfangen zu krähen.

YERMA Dieselben Augen wie du, hast du das gewußt? Hast du sie gesehen? *Weinend:* Es hat dieselben Augen wie du! *Yerma stößt Maria sanft an, und diese geht stillschweigend hinaus. Yerma tritt auf die Türe zu, durch die ihr Mann hineingegangen ist.*

ZWEITES MÄDCHEN *bei der Türe:* Sssst!

YERMA *dreht sich um:* Was?

ZWEITES MÄDCHEN Ich habe auf ihr Fortgehen gelauert. Meine Mutter erwartet dich.

YERMA Ist sie allein?

ZWEITES MÄDCHEN Mit zwei Nachbarinnen.

YERMA Sag ihnen, sie möchten sich etwas gedulden.

ZWEITES MÄDCHEN Aber kommst du auch? Hast du keine Furcht?

YERMA Ich komme.

ZWEITES MÄDCHEN Das ist deine Sache!

YERMA Man soll auf mich warten, auch wenn es spät wird. *Victor tritt ein.*

VICTOR Ist Juan da?

YERMA Ja.

ZWEITES MÄDCHEN *im Einverständnis mit Yerma, verhohlen:* Dann bringe ich die Bluse nachher.

YERMA Wann du willst. *Das Mädchen geht fort.* Setz dich.

VICTOR Ich kann ebensogut stehen.

YERMA *ruft:* Juan!

VICTOR Ich komme, um mich zu verabschieden. *Erschauert leicht, faßt sich aber wieder.*

YERMA Gehst du mit deinen Brüdern?

VICTOR Mein Vater will es so.

YERMA Er muß schon alt sein.

VICTOR Ja. Sehr alt.

Pause.

YERMA Du tust gut daran, die Gegend zu wechseln.

VICTOR Alle Gegenden sind gleich.

YERMA Nein. Ich würde weit fortgehen.

VICTOR Es ist alles dasselbe. Dieselben Schafe haben dieselbe Wolle.

YERMA Für die Männer, ja! Aber wir Frauen sind anders. Ich habe noch nie einen Mann beim Essen sagen hören: Wie gut sind diese Äpfel! Ihr nehmt euch das Eurige, ohne auf Feinheiten achtzugeben. Von mir kann ich nur sagen: ich verabscheue das Wasser dieser Brunnen.

VICTOR Möglich.

Die Szene liegt in einem zarten Halbschatten.

YERMA Victor.

VICTOR Sprich.

YERMA Warum gehst du? Die Leute hier schätzen dich.

VICTOR Ich habe mich gut verhalten. *Pause.*

YERMA Du hast dich gut verhalten. Als du noch ein junger Bursche warst, hast du mich einmal auf die Arme genommen, erinnerst du dich nicht mehr? Man weiß nie, was geschehen wird.

VICTOR Alles ändert sich.

YERMA Einige Dinge ändern sich nicht. Es gibt Dinge, die hinter den Wänden eingesperrt sind und die sich nicht ändern können, weil niemand sie hört.

VICTOR So ist es.

Die zweite Schwester kommt und geht langsam auf die Tür zu, wo sie stehenbleibt, beleuchtet vom letzten Schein der Abendsonne.

YERMA Aber wenn sie plötzlich herauskämen und schrieen, so würden sie das All erfüllen.

VICTOR Damit würde nichts erreicht. Der Rieselgraben an seinen Ort, die Herde in die Hürde, der Mond an den Himmel, der Mann an seinem Pflug.

YERMA Welcher Jammer, die Lehren der Alten nicht richtig verstehen zu können!

Man hört den gedehnten und melancholischen Klang der Hirtenmuschelhörner.*

VICTOR Die Herden.

JUAN *kommt:* Gehst du schon?

VICTOR Ich will noch vor Tagesanbruch über den Paß.

JUAN Hast du etwas gegen mich vorzubringen?

VICTOR Nein. Du hast gut bezahlt.

JUAN *zu Yerma:* Ich habe ihm die Herden abgekauft.

YERMA So?

VICTOR *zu Yerma:* Sie gehören dir.

YERMA Das habe ich nicht gewußt.

JUAN *zufrieden:* So ist es.

VICTOR Dein Mann will Reichtümer auf seinem Hof häufen.

YERMA Die Frucht fällt in die Hände des Schaffenden, der sie sucht. *Die Schwester, die an der Tür steht, geht ins Hausinnere.*

JUAN Wir haben bald keinen Platz mehr für so viele Schafe.

YERMA *schwermütig:* Die Welt ist groß. *Pause.*

JUAN Wir wollen zusammen bis zum Fluß gehen.

VICTOR Ich wünsche diesem Hause das höchste Glück. *Reicht Yerma die Hand.*

YERMA Möge dich Gott erhören! Salud!

* Muschel des Tritonshornes. A. d. Ü.

Victor geht, sieht sich aber bei einer unbemerklichen Regung Yermas wieder um.

VICTOR Hast du etwas gesagt?

YERMA *dramatisch:* Ich sagte: Salud!

VICTOR Danke. *Ab. Yerma bleibt voller Angst und betrachtet die Hand, die sie Victor gegeben hat. Sie geht dann rasch nach links und rafft ein Umhangtuch.*

ZWEITES MÄDCHEN *bedeckt ihr schweigend den Kopf:* Gehen wir.

YERMA Gehen wir. *Sie entfernen sich insgeheim.*

Die Szene liegt fast im Dunkeln. Die erste Schwester kommt mit einer Kerze, die nur ihr eignes, natürliches Licht auf die Bühne wirft. Es darf nicht anders beleuchtet werden. Sie geht bis ans Ende des Zimmers und sucht Yerma. Die Muschelhörner tönen.

ERSTE SCHWÄGERIN *leise:* Yerma!

Die zweite Schwester kommt. Beide schauen sich an und gehen auf die Tür zu.

ZWEITE SCHWÄGERIN *lauter:* Yerma!

ERSTE SCHWÄGERIN *sich der Tür nähernd, mit herrischer Stimme:* Yerma.

Man hört die Muschel- und die andren Hörner der Hirten. Die Bühne ist völlig in Finsternis gehüllt.

Vorhang

DRITTER AKT
Erstes Bild

Haus der Geisterbeschwörerin Dolores. Es beginnt zu tagen. Yerma, Dolores und zwei Alte kommen.

DOLORES Du bist mutig gewesen.
ERSTE ALTE Nichts auf der Welt hat größere Kraft als der Wunsch.
ZWEITE ALTE Aber der Friedhof war zu dunkel.
DOLORES Ich habe auf dem Friedhof oft diese Gebete verrichtet, mit Frauen, die sich Kinder wünschten, und alle zitterten vor Angst. Alle außer dir.
YERMA Ich bin wegen des Erfolges zu dir gekommen. Ich glaube, daß du keine Betrügerin bist.
DOLORES Nein. Mein Mund möge sich mit Ameisen füllen wie der Mund der Toten, wenn ich je gelogen habe. Das letzte Mal betete ich mit einer Bettlerin, die länger unfruchtbar war als du, und ihr Leib erweichte sich so wunderbar, daß sie weiter unten am Fluß zwei Kinder gebar, weil sie nicht einmal Zeit hatte, bis zu den ersten Häusern zu gelangen, und sie selbst brachte mir die Kinder in einer Windel, damit ich sie versorgen sollte.
YERMA Konnte sie trotzdem noch zu Fuß vom Flusse hierher gehen?
DOLORES Sie kam. Schuhe und Röcke troffen von Blut… aber mit strahlendem Antlitz.
YERMA Und es ist ihr nichts zugestoßen?

DOLORES Was sollte ihr zustoßen? Gott ist Gott.

YERMA Selbstverständlich. Gott ist Gott. Es konnte ihr nichts zustoßen. Die Kinder packen und sie im fließenden Wasser waschen. Die Tiere lecken sie, nicht wahr? Das würde mich bei meinem Sohn nicht ekeln. Ich glaube, daß die eben Mütter Gewordenen von innen wie erleuchtet sein müssen; die Kinder schlafen Stunden um Stunden auf ihnen und hören den Bach der warmen Milch, die ihren Müttern die Brüste füllt, damit sie säugen und spielen, bis sie nicht mehr können und den Kopf wegwenden: »Noch ein bißchen mehr, Kindchen...« – und bis weiße Tröpfchen über Gesicht und Brust perlen.

DOLORES Du wirst nun einen Sohn bekommen. Das kann ich dir versichern.

YERMA Ich werde ihn haben, weil ich ihn haben muß. Oder ich verstehe die Welt nicht. Manchmal, wenn ich denke, daß ich nie, nie... wallt mir etwas wie eine Feuerwelle von den Füßen empor, und alles ist für mich hohl – die Männer auf der Straße, die Stiere und die Steine kommen mir vor wie aus Stoff gemacht. Und ich frage mich: Wozu sind die hier?

ERSTE ALTE Es ist gut, wenn eine Frau Kinder haben will, aber wenn sie keine bekommt, warum sehnt sie sich dann nach ihnen? Auf dieser Welt ist es wichtig, sich von den Jahren treiben zu lassen. Ich bemäkele dich nicht. Du hast ja gesehen, wie ich dir beim Beten geholfen habe. Aber, welche fruchtbaren Ländereien hoffst du deinem Sohne geben zu können, welches Glück – vielleicht gar silberne Sessel?

YERMA Ich denke nicht an morgen, ich denke an heute. Du bist schon alt und kennst die Dinge wie ein gelesenes Buch. Ich denke, daß ich Durst habe und keine Freiheit.

Ich will meinen Sohn in den Armen halten, damit ich ruhig schlafen kann, und, höre zu und entsetze dich nicht über das, was ich dir sage: auch wenn ich wüßte, daß mein Sohn mich später quälen, mich hassen, mich an den Haaren durch die Straßen schleifen würde – ich würde ihn freudig gebären, denn es ist viel besser, über einen lebenden Menschen zu weinen, der uns martert, als über das Trugbild, das Jahr um Jahr auf meinem Herzen hockt.

ERSTE ALTE Du bist zu jung, um Rat anzunehmen. Aber während du die Gnade Gottes erwartest, mußt du deine Zuflucht zur Liebe deines Mannes nehmen.

YERMA Ach, du hast den Finger in die tiefste Wunde meines Fleisches gelegt.

DOLORES Dein Mann ist gut.

YERMA *steht auf:* Er ist gut! Gut! Was weiter? Ich wünschte, er wäre schlecht. Aber nein. Er zieht mit seinen Schafen seines Weges und nachts zählt er das Geld. Wenn er mit mir schläft, erfüllt er eine seiner Pflichten, aber ich fühle, daß seine Lende kalt ist, als ob er ein Leichnam sei, und ich möchte in jenen Augenblicken zu einem Feuerberg werden, obwohl die heißblütigen Frauen mir immer widerwärtig gewesen sind.

DOLORES Yerma!

YERMA Ich bin keine schamlose Frau: aber ich weiß, daß die Kinder von Mann und Frau erzeugt werden. Ach, wenn ich sie ins Leben rufen könnte!

DOLORES Bedenke, daß auch dein Mann leidet.

YERMA Er leidet nicht. Er w ü n s c h t keine Kinder.

DOLORES Das darfst du nicht sagen!

YERMA Ich sehe es an seinem Blick, und weil er keine ersehnt, macht er mir keine. Ich liebe ihn nicht, ich liebe ihn nicht, und dennoch ist er meine einzige Rettung. Wegen Ehre und Blut. Meine einzige Rettung.

ERSTE ALTE *furchtsam:* Bald bricht der Tag an. Du mußt heimgehen.

DOLORES Die Herden können jeden Augenblick vorbeigetrieben werden, und es ist nicht gut, wenn man dich allein sieht.

YERMA Ich brauchte diese Aussprache. Wievielmal muß ich die Gebete wiederholen?

DOLORES Das Lorbeergebet zweimal, und mittags das Gebet der Heiligen Anna. Wenn du dich schwanger fühlst, so bring mir den Scheffel Weizen, den du mir versprochen hast.

ERSTE ALTE Über den Bergen wird es schon hell. Geh.

DOLORES Da gleich die Stalltüren geöffnet werden, machst du einen Umweg um den Kanal.

YERMA *kleinmütig:* Ich weiß nicht, warum ich gekommen bin!

DOLORES Reut es dich?

YERMA Nein!

DOLORES *beunruhigt:* Wenn du dich fürchtest, begleite ich dich bis zur Ecke.

ERSTE ALTE *unruhig:* Es wird bereits hell sein, wenn du zuhause ankommst. *Man hört Stimmen.*

DOLORES Schweig! *Sie lauschen.*

ERSTE ALTE Niemand. Geh mit Gott.

Yerma geht auf die Tür zu und wird in diesem Augenblick von draußen gerufen. Die drei Frauen bleiben reglos stehen.

DOLORES Wer ist da?

STIMME Ich.

YERMA Öffne. *Dolores ist unschlüssig.* Öffnest du oder

nicht? *Man hört Gemurmel: Juan kommt mit den beiden Schwestern.*

ZWEITE SCHWÄGERIN Hier ist sie.

YERMA Hier bin ich.

JUAN Was tust du hier? Wenn ich schreien könnte, würde ich das ganze Dorf aufwecken, damit es sähe, wohin es mit der Ehre meines Hauses gekommen ist: aber ich muß alles herunterwürgen und schweigen, weil du mein Weib bist.

YERMA Wenn auch ich schreien könnte, so würde ich schreien, daß selbst die Toten aufführen und sähen, daß mich kein Makel befleckt.

JUAN Nein, das nicht! Ich ertrage alles, nur das nicht! Du betrügst mich, du hintergehst mich, und weil ich ein Bauer bin, der seinen Acker pflügt, habe ich keine Ahnung von deinen Tücken.

DOLORES Juan!

JUAN Ihr haltet den Mund!

DOLORES *heftig:* Deine Frau hat nichts Böses getan.

JUAN Das tut sie seit dem Tage unsrer Hochzeit. Sie starrt mich mit zwei Nadeln an, sie verbringt die Nächte wach, mit offenen Augen an meiner Seite, sie füllt meine Kissen mit bösen Seufzern.

YERMA Schweig!

JUAN Ich kann nicht mehr. Denn man muß schon aus Bronze sein, um an der Seite einer Frau zu leben, die einem die Finger ins Herz drückt und nachts aus dem Hause geht... auf der Suche nach was? Sprich, nach was? Die Straßen sind voll von Männern. In den Straßen gibt es keine Blumen zu pflücken.

YERMA Kein Wort mehr. Kein einziges Wort. Du und deine Sippe bildet euch ein, daß ihr die einzigen seid, die Ehre und Tugend besitzen – und ihr wißt nicht, daß meine Familie niemals etwas zu verbergen hatte. Komm. Komm näher, beschnüffle meine Kleider, komm her! Ob du wohl einen Geruch finden wirst, der nicht der deine ist! Nicht der deines Körpers. Stelle mich nackt auf den Markt und bespeie mich. Mach, was du willst mit mir, denn ich bin dein Weib, aber hüte dich, Männernamen auf meine Brust zu schreiben!

JUAN Nicht ich schreibe sie, du selbst tust es mit deinem Betragen, und die Leute fangen an davon zu sprechen. Wenn ich an ein paar Leute herantrete, die zusammenstehen, so schweigen sie plötzlich; wenn ich komme, um das Mehl abzuwiegen, so schweigen alle; und selbst nachts, auf den Feldern, scheint es mir, daß die Zweige der Bäume schweigen, wenn ich wach bin.

YERMA Ich weiß nicht, woher die widrigen Winde kommen, die den Weizen durchwühlen. Sieh selbst nach, ob der Weizen gut ist!

JUAN Noch weiß ich, was eine Frau zu allen Stunden außerhalb ihres Daches sucht.

YERMA *in einer Aufwallung an ihren Mann sich klammernd:* Dich suche ich, dich. Dich, dich Tag und Nacht, ohne Rast, ohne Atem. Dein Blut, deine Hilfe suche ich.

JUAN Geh mir aus dem Weg!

YERMA Stoß mich nicht fort, umarme mich, hab mich lieb.

JUAN Loslassen!

YERMA Sieh, wie ich allein bin. Wie wenn der Mond sich selbst am Himmel suchte. Sieh mich an! *Sie sieht ihn an.*

JUAN *sieht sie an und stößt sie brüsk fort:* Laß mich ein für allemal in Ruhe!

DOLORES Juan!

Yerma fällt zu Boden.

YERMA *laut:* Als ich mir Nelken pflücken wollte, stieß ich an eine Mauer. Ach! Ach! Das ist die Mauer, an der ich meinen Kopf zerschmettern werde.
JUAN Schweig. Wir wollen gehen.
DOLORES Mein Gott!
YERMA *schreiend:* Verflucht sei mein Vater, der mir das Blut eines Vaters von hundert Söhnen vererbte! Verflucht sei mein Blut, das sie sucht und an die Wände klopft!
JUAN Schweig, habe ich gesagt!
DOLORES Es kommen Leute! Sprich leise.
YERMA Das ist mir gleichgültig. Wenigstens will ich die Freiheit meiner Stimme haben, jetzt, wo ich in die tiefste Tiefe des Brunnens hinabsteige. *Steht auf.* Wenigstens dieses Herrliche laßt aus meinem Körper hinausdringen und den Äther erfüllen! *Man hört Stimmen.*
DOLORES Sie werden hier vorbeikommen.
JUAN Schweigt.
YERMA Das! Das ists ja! Schweigen! Nur unbesorgt!
JUAN Gehen wir. Schnell!
YERMA Es ist aus! Es ist aus! Und unnütz, die Hände zu ringen! Eines ist, mit dem Kopf lieben...
JUAN Schweig!!
YERMA *leise:* Eines ist, mit dem Kopf zu lieben – und das andere ist, daß uns der Leib nicht gehorcht – verflucht sei der Leib! Das steht fest, und ich will nicht mit den Wassern der Meere Leib an Leib kämpfen. Es ist aus! Mein Mund soll verstummen! *Ab.*

Vorhang

Zweites Bild

Umgebung einer Einsiedelei mitten in den Bergen. Im Vordergrund Karrenräder und Umhängtücher, die ein ländliches Zelt bilden, in dem sich Yerma aufhält. Die Frauen gehen mit Opfergaben in die Einsiedelei. Sie sind barfüßig. In dieser Szene tritt die Alte des ersten Aktes auf.

LIED *hinter dem Vorhang:*

Als du noch ledig warst,
sah ich dich nicht,
doch wenn du vermählt bist,
werd ich dich finden.
Dann zieh ich dich aus,
Ehfrau und Pilgerin,
wenn in der Nacht
zwölfmal die Uhr schlägt.

ALTE *hämisch:* Nun, habt ihr schon vom heiligen Wasser getrunken?

ERSTE FRAU Ja.

ALTE Und jetzt wollt ihr den da besuchen…

ERSTE FRAU Wir glauben an ihn.

ALTE Ihr kommt, um vom Heiligen Kinder zu erbitten – und jedes Jahr gibt es immer mehr Männer bei dieser Wallfahrt… Was bedeutet das wohl? *Sie lacht.*

ERSTE FRAU Warum kommst du hierher, wenn du nicht glaubst?

ALTE Um zuzuschauen. Es belustigt mich. Und um auf meinen Sohn zu achten. Voriges Jahr brachten sich zwei Männer wegen einer Wallfahrerin um. Und im übrigen bin ich da, weil ich da bin.

ERSTE FRAU Möge dir Gott vergeben.

Sie gehen hinein.

ALTE *sarkastisch:* Er vergebe dir! *Ab.*

Maria kommt mit dem ersten Mädchen.

ERSTES MÄDCHEN Und sie ist mitgegangen?

MARIA Dort ist der Karren. Ich habe viele Mühe mit ihnen gehabt, bis sie sich dazu entschlossen. Sie hat einen Monat im Lehnstuhl gesessen ohne aufzustehen. Ich habe Angst vor ihr. Sie muß einen Gedanken haben, ich weiß nicht, was für einen, aber gewiß einen düsteren.

ERSTES MÄDCHEN Ich habe meine Schwester begleitet. Sie kommt schon das achte Jahr fruchtlos hierher.

MARIA Kinder hat, wer sie haben soll.

ERSTES MÄDCHEN Das sage auch ich immer. *Man hört Stimmen.*

MARIA Diese Wallfahrt hat mir nie gefallen. Wir wollen zu den Höfen gehen, wo doch Menschen sind.

ERSTES MÄDCHEN Voriges Jahr, als es dunkel wurde, griffen ein paar Burschen nach den Brüsten meiner Schwester.

MARIA Auf vier Meilen in der Runde hört man nur unflätige Worte.

ERSTES MÄDCHEN Ich habe mehr als vierzig Weinfässer hinter der Einsiedelei gesehen.

MARIA Ein Strom von Männern stürzt sich von diesen Bergen herab.

Ab. Man vernimmt Stimmen. Yerma kommt mit sechs Frauen. Sie gehen zur Kirche. Sie sind barfüßig und tragen gedrehte Altarkerzen. Es beginnt zu dunkeln.

YERMA

Herr, laß die Rose erblühen,
laß sie nicht dorren im Schatten.

ZWEITE FRAU

Aus ihrem verwelkenden Fleische
laß die gelbe Rose erblühen.

MARIA

Die dunkele Flamme der Erde
laß lodern im Leib deiner Mägde.

Sie knien nieder.

ALLE

Herr, laß die Rose erblühen,
laß sie nicht dorren im Schatten.

YERMA

Der Himmel hat herrliche Gärten
mit Rosenbüschen der Freude,
und die Rose des Wunders erblüht,
von Rosenbüschen umringt.
Sie gleicht des Morgenrots Strahl,
und ein Erzengel wacht über sie,
Gewitterstürme die Flügel
und Todeskämpfe die Augen.
Es plätschern um ihre Blätter
die Bächlein der linden Milch
und sie netzen das ruhige Antlitz
der Sterne. Öffne, o Herr,
auf meinem verwelkenden Fleische
den dornigen Busch deiner Rosen.

Sie erheben sich.

ZWEITE FRAU

Den fiebernden Brand ihrer Wangen
lösche, o Herr, deine Hand.

YERMA

Auf deiner heiligen Wallfahrt,
die Büßerin, Herr, erhöre.

Meines Fleisches Rose erschließe,
und hätte sie tausend Dornen!

CHOR

Herr, laß die Rose erblühen,
laß nicht sie im Schatten verdorren.

YERMA

Die Rose des Wunders! Die Rose
auf meinem verwelkenden Fleische.

Sie gehen hinein.

Von links kommen Mädchen herangelaufen mit langen Bändern in den Händen. Von rechts drei andere, rückwärts schauend. Auf der Szene schwellen Stimmen und Getön von Glöckchen und Glockenschwingern. Die sieben Mädchen erscheinen jetzt weiter oben und schwenken ihre Bänder nach links. Der Lärm wird stärker: es kommen zwei Volksmassen. Eine als Mann, eine als Weib. Die Männliche Maske hat ein Stierhorn in der Hand. Beide tragen große Masken. Sie sind keineswegs grotesk, sondern von erhabener Schönheit und ganz erdhaft. Die Weibliche Maske schüttelt ein Halsband mit großen Glöckchen. Der Hintergrund füllt sich mit Volk an, das schreit und den Tanz kommentiert. Es ist fast Nacht geworden.

KINDER Der Teufel und seine Frau! Der Teufel und seine Frau!

WEIBLICHE MASKE

Es badete traurig
Im Bergbach die Frau.
Ihre Schenkel umstiegen
die Schnecken der Wellen.
Der Sand an den Ufern,
die Lüfte des Morgens
verliehn ihrem Lachen

feurige Lippen
und zuckende Schultern.
Wie nackend stand, ach,
im Wasser das Weib!

KIND

Ach, wie sie klagte!

ERSTER MANN

Mit Wasser und Winden –
in Liebe verdorrt!

ZWEITER MANN

Wen sie erwartet,
soll sie jetzt sagen!

ERSTER MANN

Wen sie ersehnt,
sag sie uns jetzt!

ZWEITER MANN

Mit leeren Leibe
und bleichem Gesicht.

WEIBLICHE MASKE

Ich sags, wenn die Nacht,
wenn die Sternennacht kommt.
Wenn die Wallfahrtsnacht kommt,
zerreiß ich die Spitzen
und den Saum meines Rocks.

KIND

Und sogleich kam die Nacht.
Ach, sogleich kam die Nacht.
Seht, wie der Bergbach
sich dunkeler färbt.

Gitarren ertönen.

MÄNNLICHE MASKE *erhebt sich und bewegt das Horn:*

Ach, wie so weiß

ist die traurige Frau!
Ach, wie zwischen
den Blättern sie klagt!
Klatschmohn und Nelke
wirst nachher du sein,
wenn seinen Umhang
abwirft der Mann! *Nähert sich.*
Kommst du zur Wallfahrt
und bittest, es möge
sich öffnen dein Leib,
so trage nicht Trauer
sondern weichestes Leinen.
Husch hinter die Mauer,
doch komm nur allein
zum verschwiegenen Feigbaum
und trag meinen Körper
aus Erde bis aufseufzt
der dämmernde Morgen.
Ach, wie sie strahlt,
ach, wie sie strahlte,
ach, wie die Frau
sich biegt und sich schmiegt.

WEIBLICHE MASKE

Es windet die Liebe
ihr herrliche Kränze
und glühnde Girlanden,
und es dringen ihr Speere
aus flüssigem Golde
tief in die Brust.

MÄNNLICHE MASKE

Siebenmal seufzt sie,
neunmal schnellt auf sie,

fünfzehnmal haben
Jasmin und Orangen
sich innig gepaart.

DRITTER MANN

Immerzu mit dem Horn!

ZWEITER MANN *zur Weiblichen Maske:*

Mit der Rose, dem Tanz!

ERSTER MANN

Ah, wie das Weib
in Verzückung sich bäumt!

MÄNNLICHE MASKE

Es herrscht auf der Wallfahrt
einzig der Mann.
Die Männer sind Stiere.
Der Mann herrscht von je –
und der Pilgerin Blüten
dem, der sie pflückt.

KIND

Immerzu mit der Luft!

ZWEITER MANN

Immerzu mit dem Ast!

MÄNNLICHE MASKE

Bewundert den Glanz
der dem Bade Entstiegnen!

ERSTER MANN

Sie biegt sich wie Binsen!

WEIBLICHE MASKE

Und ermüdet wie Blüten.

MÄNNER

Ihr Mädchen, entfernt euch!

MÄNNLICHE MASKE

Der Tanz flamme auf

und der leuchtende Leib
des blankesten Weibs!

Es wird mit taktierendem Händeklatschen und Lachen getanzt. Sie singen:

Der Himmel hat herrliche Gärten
mit Rosenbüschen der Freude.
Im Rosenhage erblüht
zwischen Rosen die Rose des Wunders.

Zwei kreischende Mädchen laufen vorbei. Die Alte kommt fröhlich.

ALTE Wir wollen doch sehen, ob ihr uns nachher schlafen laßt. Aber nachher wird s i e es sein! *Yerma kommt.* Du! *Yerma ist niedergeschlagen und antwortet nicht.* Sag, warum bist du hier?

YERMA Ich weiß nicht.

ALTE Glaubst du nicht daran? Und dein Mann?

YERMA *gibt Zeichen der Ermüdung und eines Menschen, dem eine fixe Idee den Kopf zermartert:* Der ist dort!

ALTE Was tut er da?

YERMA Er trinkt. *Pause.*
Legt die Hände an die Stirn. Ach!

ALTE Ach! Ach! Weniger Achs und mehr Mut! Damals habe ich dir nichts sagen können, aber heute ja!

YERMA Und was willst du mir sagen, was ich nun nicht wüßte!

ALTE Was sich nicht länger verschweigen läßt. Was die Spatzen von den Dächern pfeifen. Daß es deines Mannes Schuld ist. Verstehst du? Ich lasse mir die Hände abhakken, wenn es nicht so ist. Weder sein Vater noch sein Großvater noch sein Urgroßvater benahmen sich wie Männer von Rasse. Um einen Sohn zu erzeugen, hat wohl der Himmel mit der Erde sich zusammentun müssen. Sie sind aus Spucke gemacht! Deine Leute nicht! Du hast Brüder und Vettern auf hundert Meilen in der Runde. Sieh, was für ein Fluch auf deiner Schönheit lastet.

YERMA Ein Fluch. Eine Giftlache auf den Ähren.

ALTE Aber du hast doch Füße, um deinem Hause zu entfliehen.

YERMA Zu entfliehen?

ALTE Als ich dich auf der Wallfahrt sah, hüpfte mein Herz vor Freude. Hierher kommen die Frauen, um andere Männer kennenzulernen. Und der Heilige bewirkt dieses Wunder... Mein Sohn ist hinter der Einsiedelei und erwartet dich. Mein Haus braucht eine Frau. Geh mit ihm; wir werden alle drei zusammenleben. Mein Sohn ist aus Blut. Wie ich. Wenn du ins Haus trittst, verspürst du immer noch einen Geruch von Wiegen. Die Asche deines Pfühls wird dir zu Brot und Salz für die Kinder werden. Komm. Mach dir nichts aus den Leuten. Und was deinen Mann betrifft, so gibt es in meinem Hause Mut und Messer – er wird nicht einmal die Straße kreuzen können.

YERMA Schweig, schweig, das ist es nicht! Das würde ich nie tun. Ich kann nicht auf die Suche gehen. Bildest du dir ein, daß ich mit einem andren Mann leben könnte? Schätzt du meine Ehre so ein? Das Wasser kann nicht rückwärts fließen, und der Vollmond scheint nicht am Mittag. Geh. Ich folge meinem Weg. Hast du ernstlich gedacht, ich könnte mich einem andren Mann hinwerfen? Wie eine Sklavin von ihm erbetteln, was mir gehört? Lerne mich kennen, damit du nie mehr mit mir sprichst. Ich suche nicht.

ALTE Wenn man Durst hat, ist man dem Wasser dankbar.

YERMA Ich bin wie ein vertrockneter Acker, auf dem tausend Paar Ochsen Platz zum Pflügen haben, und was du mir gibst, ist ein kleiner Schluck Brunnenwasser. Ich leide eine Qual, die nicht mehr körperlich ist.

ALTE *heftig und hart:* Also mach so weiter. Zu deinem Vergnügen. Wie die Disteln des Brachlandes, stachlig, verdorrt.

YERMA *heftig:* Verdorrt – ich weiß wohl! Verdorrt! Unnötig, mir das hereinzuwürgen. Du brauchst nicht herzulaufen, um dich daran zu ergötzen wie Kinder am Todeskampf eines Tierchens. Seitdem ich verheiratet bin, gehe ich um das Wort herum, aber es ist das erste Mal, daß ich es höre, daß man es mir ins Gesicht schleudert. Das erste Mal, daß ich sehe, es ist wahr.

ALTE Du tust mir nicht leid. Nein. Ich suche eine andre Frau für meinen Sohn. *Ab.*

Man hört von weitem einen lauten Chor, der von den Wallfahrern gesungen wird. Yerma geht auf den Karren zu, hinter dem ihr Mann auftaucht.

YERMA Bist du hier gewesen?

JUAN Ich bin hier gewesen.

YERMA Hast du gelauscht?

JUAN Ich habe gelauscht.

YERMA Und hast du verstanden?

JUAN Ja.

YERMA Nun und? Laß mich allein und sing mit den andren. *Sie setzt sich auf die Decken.*

JUAN Es ist Zeit, daß auch ich spreche.

YERMA Sprich!

JUAN Und daß ich mich beklage.

YERMA Aus welchem Grund?

JUAN Weil mir die Bitterkeit in der Kehle steckt.

YERMA Und mir in den Knochen.

JUAN Es ist die letzte Minute, diesem ewigen Jammern um dunkle Dinge ein Ende zu machen, um Dinge, die außerhalb des Lebens sind, die in der Luft schweben.

YERMA *mit dramatischem Staunen:* Außerhalb des Lebens, sagst du? In der Luft, sagst du?

JUAN Um Dinge, die nicht geschehen sind, und die weder du noch ich meistern und lenken.

YERMA *sehr scharf:* Weiter! Weiter!

JUAN Um Dinge, die mich nichts angehen. Hörst du? Die mich nichts angehen. Es ist schon nötig, daß ich es dir sage. Mich geht nur an, was ich in den Händen halte. Was ich mit meinen Augen sehe.

YERMA *auf den Knieen sich aufrichtend, verzweifelt:* So! So! Das wollte ich aus deinem eignen Munde hören... Man faßt die Wahrheit nicht, solange sie in einem selbst verborgen ist, aber wie groß wird sie, wie mächtig ruft sie, wenn sie herauskommt und die Arme emporschleudert! Es geht ihn nichts an!! Jetzt habe ich es gehört!

JUAN *nähert sich ihr:* Denk, daß es so kommen mußte. Hör mich an. *Umarmt sie, um sie aufzurichten.* Viele Frauen wären glücklich, wenn sie dein Leben führen könnten. Ohne Kinder ist das Leben angenehmer. Ich bin glücklich, keine zu haben. Uns trifft keine Schuld.

YERMA Und was hast du in mir gesucht?

JUAN Dich selbst.

YERMA *erregt:* Eben das! Du suchtest ein Heim, Ruhe und eine Frau. Aber weiter nichts. Ist es nicht so?

JUAN Ja, so. Wie alle.

YERMA Und weiter nichts? Dein Kind?

JUAN *aufbrausend:* Hörst du nicht, daß es mich nichts angeht? Frag mich nicht mehr! Ich muß es dir wohl ins Ohr schreien, damit du es endlich weißt! Vielleicht gibst du jetzt ein für allemal Ruhe!

YERMA Und hast du nie daran gedacht, als du sahst, daß ich es ersehnte?

JUAN Nie.

Beide sitzen auf dem Boden.

YERMA Und werde ich es nie erwarten können?

JUAN Nie.

YERMA Du auch nicht?

JUAN Ich auch nicht. Verzichte!

YERMA Verdorrt!

JUAN Und jetzt wollen wir in Frieden leben. Beide. Ruhig und angenehm. Umarme mich! *Er umarmt sie.*

YERMA Was suchst du?

JUAN Dich suche ich. Du bist schön im Mondlicht.

YERMA Du suchst mich wie eine Taube, die du essen willst.

JUAN Küß mich... so...

YERMA Nein. Nie. *Sie stößt einen Schrei aus und drückt die Kehle ihres Mannes zu. Der fällt hintenüber. Sie preßt so lange, bis er stirbt. Der Chor der Wallfahrer setzt ein.* Verdorrt, verdorrt, aber ganz sicher. Jetzt weiß ich es ganz sicher. Und allein. *Steht auf. Leute kommen.* Ich werde nun schlafen, ohne entsetzt aufzufahren um zu sehen, ob mir das Blut neues But verkündigt. Mit für immer vertrocknetem Leib. Was wollt ihr wissen? Kommt nicht hierher! Ich habe mein Kind ermordet! Ich selbst habe mein Kind ermordet!

Es eilen einige Leute herbei, die im Hintergrunde verharren. Man hört den Chor der Wallfahrer.

Vorhang

Das Publikum

Drama in Bildern
Aus dem Spanischen übertragen
von Rudolf Wittkopf

Personen
in der Reihenfolge ihres Erscheinens

DIENER · DIREKTOR
PFERD 1 · PFERD 2 · PFERD 3 · PFERD 4
MANN 1 · MANN 2 · MANN 3
HELENA
GESTALT IN SCHELLEN · GESTALT IN WEINLAUB
STIMME · KIND
ZENTURIO · KAISER · JULIA
DIE DREI SCHIMMEL · SCHIMMEL 1 · RAPPE
DAS HARLEKINKOSTÜM · SCHLEIERGEWAND
STIMME DRAUSSEN · NACKTER · KRANKENPFLEGER
STUDENT 1 · STUDENT 2 · STUDENT 3 · STUDENT 4
DAME 1 · DAME 2 · DAME 3 · DAME 4
JUNGE 1 · STUDENT 5
DIE SCHÄCHER · INSPIZIENT
DER HIRT · ZAUBERKÜNSTLER
FRAU

Erstes Bild

Zimmer des Schauspieldirektors. Der Direktor sitzt. Er trägt einen Cut. Dekoration. An der Wand der Abdruck einer großen Hand. Die Fenster sind Röntgenbilder

DIENER Herr Direktor.
DIREKTOR Was?
DIENER Das Publikum ist da.
DIREKTOR Es soll hereinkommen.
Vier Schimmel treten ein.
DIREKTOR Sie wünschen?
Die Pferde blasen auf ihren Trompeten.
Das ginge ja, wenn ich nur Talent zum Seufzen hätte. Mein Theater wird immer im Freien spielen! Aber ich habe mein ganzes Vermögen verloren, sonst würde ich die frische Luft vergiften. Eine kleine Injektionsspritze, die den Schorf von der Wunde entfernt, genügt mir. Raus hier! Raus aus meinem Haus, Pferde! *Beiseite.* Jetzt hat man schon das Bett erfunden, um mit Pferden zu schlafen. *Weinend.* Meine Pferdchen.
DIE PFERDE Für dreihundert Peseten, für zweihundert Peseten, für einen Teller Suppe, für ein leeres Parfümfläschchen, für deinen Speichel, für einen Schnippel deiner Fingernägel.
DIREKTOR Raus! Raus! Raus! *Drückt auf eine Klingel.*
DIE PFERDE Für nichts! Früher rochen deine Füße, wir waren drei Jahre alt. Wir warteten auf dem Klosett, wir war-

teten hinter den Türen, und dann überschwemmten wir dein Bett mit Tränen.

Der Diener tritt ein.

DIREKTOR Gib mir 'ne Peitsche!

DIE PFERDE Und deine Schuhe waren in Schweiß gesotten, aber es war uns klar, daß der Mond zu den faulen Äpfeln im Gras die gleiche Beziehung hatte.

DIREKTOR *zum Diener:* Mach die Tür auf! Mach auf!

DIE PFERDE Nein, nein, nein. Abscheulich! Du bist ganz behaart und ißt den Kalk von den Wänden, der dir nicht gehört.

DIENER Ich mache nicht auf. Ich will nicht ins Theater.

Die Pferde holen lange goldene Trompeten hervor und tanzen schwerfällig zu ihrem Lied.

PFERD 1 Abscheulich!

PFERD 2, 3 UND 4 Scheuablich.

PFERD 1 Abscheulich!

PFERDE 2, 3 UND 4 Scheuablich.

DIREKTOR *zum Diener:* Mach auf!

Der Diener öffnet die Tür.

Freilichttheater! Raus! Nun geht schon! Freilichttheater! Raus hier!

Die Pferde trotten hinaus.

Zum Diener. Mach weiter.

Der Direktor setzt sich hinter den Tisch. Der Diener geht hinaus, kommt aber sofort wieder.

DIENER Herr Direktor.

DIREKTOR Was?

DIENER Das Publikum.

DIREKTOR Es soll hereinkommen.

Der Direktor vertauscht seine blonde Perücke mit einer braunen. Es treten drei Männer ein. Sie haben schwarze Bärte und tragen alle den gleichen Frack.

MANN 1 Der Herr Direktor des Freilichttheaters?

DIREKTOR Zu Diensten.

MANN 1 Wir sind gekommen, um Ihnen zu Ihrem letzten Werk zu gratulieren.

DIREKTOR Danke.

MANN 3 Höchst originell.

MANN 1 Und was für ein schöner Titel! »Romeo und Julia.«

DIREKTOR Ein Mann und eine Frau, die sich ineinander verlieben.

MANN 1 Romeo kann ein Vogel sein und Julia ein Stein. Romeo kann ein Salzkorn sein und Julia eine Landkarte.

DIREKTOR Aber sie werden nie aufhören, Romeo und Julia zu sein.

MANN 1 Und verliebt. Glauben Sie, daß sie verliebt waren?

DIREKTOR Mann… Ich steck da nicht drin…

MANN 1 Schon gut! Schon gut! Sie verraten sich selbst.

MANN 2 *zu Mann 1:* Sei vorsichtig. Du bist schuld. Warum klopfst du an einem Theater an? Du kannst an einem Wald anklopfen, vielleicht wird er deinen Ohren das Rauschen seines Saftes öffnen. Aber an einem Theater!

MANN 1 An den Theatern muß man anklopfen; an den Theatern, damit…

MANN 3 Damit man die Wahrheit über die Gräber erfährt.

MANN 2 Gräber mit Gaslicht, Reklame und langen Sitzreihen.

DIREKTOR *bebend:* Meine Herren…

MANN 1 Ja. Ja. Direktor des Freilichttheaters, Autor von »Romeo und Julia«.

MANN 2 Wie hat Romeo uriniert, Herr Direktor? Ist es nicht schön, Romeo urinieren zu sehen? Wie oft hat er so getan, als wolle er sich vom Turm stürzen, um in der Komödie seines Leidens erfaßt zu werden? Was geschah, Herr Direktor... wenn nichts geschah? Und das Grab? Warum sind Sie am Ende nicht die Stufen zur Gruft hinabgestiegen? Sie hätten einen Engel sehen können, der Romeos Geschlecht mitnahm, während er das andere, das seine, das ihm gehörte, zurückließ. Und wenn ich Ihnen sage, daß die Hauptperson von allem eine giftige Blume war, was würden Sie dann denken? Antworten Sie!

DIREKTOR Meine Herren, nicht das ist das Problem.

MANN 1 *ihn unterbrechend:* Es gibt kein anderes. Wir werden das Theater wegen der Feigheit aller begraben müssen. Und ich werde mich erschießen müssen.

MANN 2 Gonzalo!

MANN 1 *langsam:* Ich werde mich erschießen müssen, um das wahre Theater zu eröffnen, das Theater unter dem Sand.

DIREKTOR Gonzalo...

MANN 1 Wie bitte? *Pause.*

DIREKTOR *reagierend:* Aber ich kann nicht. Alles würde zusammenbrechen. Das hieße meine Kinder blind zurücklassen, und dann... was mache ich mit dem Publikum? Was mache ich mit dem Publikum, wenn ich der Brücke das Geländer nehme? Die Maske würde mich verschlingen. Einmal habe ich einen Menschen gesehen, der von der Maske verschlungen wurde. Die kräftigsten Burschen der Stadt stopften ihm mit blutigen Spießen große Kugeln aus zerknüllten Zeitungen in den Hintern, und in Amerika gab es einmal einen Jungen, den die Maske an seinen eigenen Eingeweiden aufgehängt hat.

MANN 1 Großartig!

MANN 2 Warum haben Sie das nicht auf der Bühne gesagt?

MANN 3 Das ist der Beginn einer Handlung.

DIREKTOR Auf jeden Fall ein Ende.

MANN 3 Ein von der Angst herbeigeführtes Ende.

DIREKTOR Natürlich, mein Herr. Sie halten mich wohl nicht für fähig, die Maske auf die Bühne zu bringen.

MANN 1 Warum denn nicht?

DIREKTOR Und die Moral? Und der Magen der Zuschauer?

MANN 1 Es gibt Leute, die sich übergeben, wenn man das Innere eines Tintenfischs nach außen stülpt, und andere, die ganz bleich werden, wenn sie, mit einer gewissen Hinterhältigkeit ausgesprochen, das Wort Krebs hören; aber wie Sie wissen, gibt es dagegen Blech und Gips und herrlichen Glimmer, und notfalls auch Pappe, ein Ausdrucksmittel, das für jedermann erschwinglich ist. *Steht auf.* Aber Sie, Sie wollen uns betrügen. Uns betrügen, damit alles beim alten bleibt und es uns unmöglich ist, den Toten zu helfen. Sie sind schuld, daß die Fliegen in die viertausend Orangeaden gefallen sind, die ich bereitgestellt hatte. Und ich muß von neuem beginnen, die Wurzeln zu roden.

DIREKTOR *sich erhebend:* Ich streite mich nicht, mein Herr. Aber was wollen Sie eigentlich von mir? Haben Sie ein neues Stück mitgebracht?

MANN 1 Können Sie sich ein neueres Stück vorstellen als uns mit unseren Bärten … und Sie?

DIREKTOR Und ich …?

MANN 1 Ja … Sie.

MANN 2 Gonzalo!

MANN 1 *an Mann 2 gerichtet, aber den Direktor ansehend:* Ich erkenne ihn wieder, sehe ihn noch vor mir, wie er an jenem Morgen einen Hasen, ein Wunder an Schnelligkeit, in eine kleine Aktentasche stopfte. Und ein andermal, als er sich zwei Rosen in die Ohren steckte, an dem Tag, als er die Frisur mit Mittelscheitel entdeckte. *Zum Direktor.* Und du, erkennst du mich wieder?

DIREKTOR Aber ich bitt' Sie! Das ist nicht die Handlung. *Laut.* Helena! Helena! *Läuft zur Tür.*

MANN 1 Aber ich werde dich auf die Bühne bringen, ob du willst oder nicht. Du hast mich zu sehr leiden lassen. Schnell! Die spanische Wand! Die spanische Wand!

Mann 3 holt eine spanische Wand und stellt sie mitten auf die Bühne.

DIREKTOR *weinend:* Das Publikum wird mich sehen. Mein Theater wird ruiniert... Da habe ich die besten Stücke der Saison gebracht, und jetzt...

Die Trompeten der Pferde erschallen. Mann 1 geht nach hinten und öffnet die Tür.

MANN 1 Kommt herein, zu uns. In diesem Stück ist Platz für euch. Für alle. *Zum Direktor.* Und du, geh hinter die spanische Wand.

Mann 2 und Mann 3 schubsen den Direktor. Er verschwindet hinter der spanischen Wand, und an deren anderem Ende kommt ein Junge hervor, ganz in weißem Satin mit einer weißen Halskrause. – Es sollte eine Schauspielerin sein. – Er hält eine kleine schwarze Gitarre.

Enrique! Enrique! *Er bedeckt mit den Händen sein Gesicht.*

MANN 2 Schick mich nicht auch hinter die spanische Wand. Laß mich in Ruhe, Gonzalo.

DIREKTOR *kühl und die Saiten zupfend:* Gonzalo, ich muß dich fortwährend anspucken. Ich möchte dich anspucken und mit einer kleinen Schere deinen Frack zerschnippeln. Gib mir Nadel und Seide. Ich möchte sticken. Ich mag keine Tätowierungen, aber ich möchte dich mit Seide besticken.

MANN 3 *zu den Pferden:* Nehmt Platz, wo ihr wollt.

MANN 1 *weinend:* Enrique! Enrique!

DIREKTOR Ich werde dir das Fleisch besticken, und ich würde dich gern auf dem Dach schlafen sehen. Wieviel Geld hast du in der Tasche? Verbrenn es!

MANN 1 *zündet ein Streichholz an und verbrennt die Scheine.*

Nie kann ich richtig sehen, wie die Bildchen sich in der Flamme verflüchtigen. Hast du nicht noch mehr Geld? Wie arm du bist, Gonzalo! Und mein Lippenstift? Hast du kein Karminrot? Wie ärgerlich.

MANN 2 *schüchtern:* Ich hab. *Er zieht den Lippenstift unter dem Bart hervor und gibt ihn ihm.*

DIREKTOR Danke. Aber... du bist auch hier? Hinter die spanische Wand! Auch du hinter die Wand. Und du kannst das noch aushalten, Gonzalo?

Der Direktor stößt Mann 2 kurzerhand hinter die spanische Wand, und am anderen Ende erscheint eine Frau in schwarzer Pyjamahose und einem Kranz aus Klatschmohn auf dem Kopf. In der Hand hat sie, einer Lorgnette gleich, einen Stiel mit einem blonden Schnurrbart, den sie sich gelegentlich unter die Nase hält.

MANN 2 *trocken:* Gib mir den Lippenstift.

DIREKTOR Hahaha! O Maximiliane, Kaiserin von Bayern! O böses Weib!

MANN 2 *hält sich den Schnurrbart an die Oberlippe:* Ich würde dir raten, ein wenig zu schweigen.

DIREKTOR Helena! Helena!

MANN 1 *laut:* Ruf nicht nach Helena.

DIREKTOR Und warum nicht? Sie hat mich sehr geliebt, als mein Theater im Freien spielte. Helena!

Auftritt Helenas von links. Sie ist als Griechin gekleidet.

Hat blaue Augenbrauen, weißes Haar und Füße aus Gips. Das Kleid vorne geschlitzt, läßt ihre Schenkel in enganliegendem rosa Trikot sehen. Mann 2 hält sich den Schnurrbart an die Oberlippe.

HELENA Schon wieder das gleiche?

DIREKTOR Schon wieder.

MANN 3 Warum bist du aufgetreten, Helena? Warum bist du aufgetreten, wenn du mich nicht lieben wirst?

HELENA Wer hat dir das gesagt? Aber warum liebst du mich so sehr? Ich würde dir die Füße küssen, straftest du mich und gingest mit anderen Frauen. Aber du vergötterst allein mich. Zu sehr. Ich werde mit dir Schluß machen müssen, ein für allemal.

DIREKTOR *zu Mann 3:* Und ich? Erinnerst du dich nicht an mich? Erinnerst du dich nicht an meine ausgerissenen Fingernägel? Wie soll ich mit den anderen Frauen geschlafen haben und nicht mit dir? Warum habe ich dich gerufen, Helena? Warum habe ich dich gerufen, meine Qual?

HELENA *zu Mann 3:* Geh mit ihm! Und beichte mir endlich die Wahrheit, die du mir verheimlichst. Es ist mir gleichgültig, daß du betrunken warst und dich rechtfertigen willst, aber du hast ihn geküßt und hast mit ihm im selben Bett geschlafen.

MANN 3 Helena! *Tritt rasch hinter die spanische Wand und erscheint ohne Bart mit kreidebleichem Gesicht und einer Peitsche in der Hand. Er trägt Armriemen mit goldenen Ziernägeln. Den Direktor peitschend.* Du redest dauernd, du lügst dauernd, ich muß dich fertigmachen, ohne das geringste Erbarmen.

DIE PFERDE Erbarmen! Erbarmen!

HELENA Du könntest ihn ein ganzes Jahrhundert lang schlagen, und ich würde doch nicht an dich glauben.

Mann 3 geht auf Helena zu und preßt ihre Handgelenke. Du könntest mir ein ganzes Jahrhundert die Finger zusammenpressen, und es würde dir nicht gelingen, mir auch nur einen Seufzer zu entlocken.

MANN 3 Wir werden ja sehen, wer stärker ist.

HELENA Ich, immer ich.

Der Diener erscheint.

Zum Diener. Bring mich schnell von hier weg! Bring mich weg!

Der Diener tritt hinter die spanische Wand und kommt unverändert wieder hervor.

Bring mich weg! Weit fort von hier!

Der Diener nimmt sie auf die Arme.

DIREKTOR Wir können anfangen.

MANN 1 Wann immer du willst.

DIE PFERDE Erbarmen! Erbarmen! *Die Pferde blasen ihre langen Trompeten.*

Die Personen verharren starr in ihrer Haltung.

Langsam senkt sich der Vorhang.

Zweites Bild

Römische Ruine

Eine Gestalt, die ganz mit rotem Weinlaub bedeckt ist, sitzt auf einem Kapitell und spielt Flöte. Eine andere, mit goldenen Schellen behangen, tanzt in der Mitte der Bühne.

GESTALT IN SCHELLEN Wenn ich mich in eine Wolke verwandelte?

GESTALT IN WEINLAUB Würde ich mich in ein Auge verwandeln.

GESTALT IN SCHELLEN Wenn ich mich in Kacke verwandelte?

GESTALT IN WEINLAUB Würde ich mich in eine Fliege verwandeln.

GESTALT IN SCHELLEN Wenn ich mich in einen Apfel verwandelte?

GESTALT IN WEINLAUB Würde ich mich in einen Kuß verwandeln.

GESTALT IN SCHELLEN Wenn ich mich in einen Busen verwandelte?

GESTALT IN WEINLAUB Würde ich mich in ein weißes Bettlaken verwandeln.

STIMME *sarkastisch:* Bravo!

GESTALT IN SCHELLEN Und wenn ich mich in einen Mondfisch verwandelte?

GESTALT IN WEINLAUB Würde ich mich in ein Messer verwandeln.

GESTALT IN SCHELLEN *hört auf zu tanzen:* Aber warum? Warum quälst du mich? Wenn du mich liebst, warum kommst du nicht mit mir, wohin ich dich führe? Wenn ich mich in einen Mondfisch verwandelte, würdest du dich in eine Woge verwandeln oder in eine Alge oder, wenn du etwas sein willst, das weit entfernt ist, weil du mich nicht küssen möchtest, würdest du dich in einen Vollmond verwandeln… aber in ein Messer! Es macht dir Vergnügen, meinen Tanz zu unterbrechen, wo doch tanzen die einzige Möglichkeit für mich ist, dich zu lieben.

GESTALT IN WEINLAUB Wenn du um das Bett kreist und um die Gegenstände im Haus, folge ich dir, aber ich folge dir nicht an die Orte, wohin du mich voller List entführen willst. Wenn du dich in einen Mondfisch verwandeltest, würde ich dich mit einem Messer aufschlitzen, weil ich ein Mann bin, weil ich eben nur das bin, ein Mann, mehr Mann als Adam, und ich möchte, daß du noch mehr Mann bist als ich. So sehr Mann, daß es kein Rascheln im Gezweig gibt, wenn du vorbeikommst. Aber du bist kein Mann. Hätte ich nicht diese Flöte, würdest du zum Mond entfleuchen, zum Mond, der bedeckt ist mit Spitzentüchlein und Tropfen Frauenblut.

GESTALT IN SCHELLEN *zaghaft:* Und wenn ich mich in eine Ameise verwandelte?

GESTALT IN WEINLAUB *mit Nachdruck:* Würde ich mich in Erde verwandeln.

GESTALT IN SCHELLEN *lauter:* Und wenn ich mich in Erde verwandelte?

GESTALT IN WEINLAUB *leiser:* Würde ich mich in Wasser verwandeln.

GESTALT IN SCHELLEN *bebend:* Und wenn ich mich in Wasser verwandelte?

GESTALT IN WEINLAUB *ermattet:* Würde ich mich in einen Mondfisch verwandeln.

GESTALT IN SCHELLEN *zitternd:* Und wenn ich mich in einen Mondfisch verwandelte?

GESTALT IN WEINLAUB *sich erhebend:* Würde ich mich in ein Messer verwandeln. In ein Messer, das vier lange Frühlinge hindurch geschliffen worden ist.

GESTALT IN SCHELLEN Bring mich ins Bad und ertränke mich. Das ist die einzige Möglichkeit für dich, mich nackt zu sehen. Meinst du, ich fürchte mich vor Blut? Ich weiß, wie ich dich beherrschen kann. Glaubst du, ich kenne dich nicht? Dich so beherrschen, daß, wenn ich sage »Wenn ich mich in einen Mondfisch verwandelte?«, du mir antworten würdest, »Würde ich mich in einen Beutel winziger Fischeier verwandeln«.

GESTALT IN WEINLAUB Nimm eine Axt und hau mir die Beine ab. Laß ruhig die Insekten der Ruine kommen und geh, denn ich verachte dich. Ich möchte, daß du bis ins Tiefste eindringst. Ich bespucke dich.

GESTALT IN SCHELLEN Willst du das? Dann lebwohl! Ich bin gelassen. Wenn ich die Ruine hinuntersteige, werde ich Liebe finden, immer mehr Liebe.

GESTALT IN WEINLAUB *angstvoll:* Wo gehst du hin? Wo gehst du hin?

GESTALT IN SCHELLEN Willst du nicht, daß ich fortgehe?

GESTALT IN WEINLAUB *mit schwacher Stimme:* Nein, geh nicht fort. Und wenn ich mich in ein Sandkörnchen verwandelte?

GESTALT IN SCHELLEN Würde ich mich in eine Peitsche verwandeln.

GESTALT IN WEINLAUB Und wenn ich mich in einen Beutel winziger Fischeier verwandelte?

GESTALT IN SCHELLEN Würde ich mich in noch eine Peitsche verwandeln. Eine Peitsche aus Gitarrensaiten.

GESTALT IN WEINLAUB Schlag mich nicht!

GESTALT IN SCHELLEN Eine Peitsche aus Schiffstauen.

GESTALT IN WEINLAUB Schlag mich nicht auf den Bauch.

GESTALT IN SCHELLEN Eine Peitsche aus Staubfäden einer Orchidee.

GESTALT IN WEINLAUB Du wirst mich noch blind machen!

GESTALT IN SCHELLEN Blind, weil du kein Mann bist. Ich, ich bin einer. Ein so männlicher Mann, daß ich ohnmächtig werde, wenn die Jäger erwachen. Ein so männlicher Mann, daß ich einen stechenden Schmerz in den Zähnen spüre, wenn jemand einen noch so winzigen Halm knickt. Ein Riese. Ein so riesiger Riese, daß ich eine Rose auf den Fingernagel eines Neugeborenen sticken kann.

GESTALT IN WEINLAUB Die gespenstige Helle der Ruine ängstigt mich, ich warte auf die Nacht, um mich dir zu Füßen zu werfen.

GESTALT IN SCHELLEN Nicht doch. Warum sagst du mir so was? Du bist es, der mich zwingen muß, das zu tun. Bist du nicht ein Mann? Ein Mann, männlicher als Adam?

GESTALT IN WEINLAUB *sinkt zu Boden:* Ach! Ach!

GESTALT IN SCHELLEN *nähert sich ihr leise:* Und wenn ich mich in ein Kapitell verwandelte?

GESTALT IN WEINLAUB Ich Unglücklicher!

GESTALT IN SCHELLEN Würdest du dich in den Schatten eines Kapitells verwandeln, weiter nichts. Und dann käme Helena zu mir ins Bett. Helena, meine Liebste! Derweil lägest du unter den Kissen voller Schweiß, ein Schweiß, der nicht der deine wäre, sondern der der Kutscher, der Heizer und der Ärzte, die Krebs operieren. Dann würde ich mich in einen Mondfisch verwandeln, und du wärest nichts weiter als eine kleine Puderdose, die von Hand zu Hand geht.

GESTALT IN WEINLAUB Ach!

GESTALT IN SCHELLEN Schon wieder? Du weinst schon wieder? Ich werde in Ohnmacht fallen müssen, damit die Bauern kommen. Ich werde die Neger rufen müssen, die riesigen, von den spitzen Dolchen der Jucca verletzten Neger, die Tag und Nacht mit dem Schlamm der Flüsse kämpfen. Steh auf, Feigling! Gestern war ich beim Schmied und habe eine Kette bestellt. Entferne dich nicht von mir! Eine Kette, und ich hab die ganze Nacht geweint, weil mir die Handgelenke und die Knöchel weh taten, und dabei hatte ich sie gar nicht angelegt.

Die Gestalt in Weinlaub bläst in eine silberne Pfeife.

Was tust du?

Pfeift noch einmal.
Ich weiß schon, was du willst, aber ich habe noch Zeit zu fliehen.

GESTALT IN WEINLAUB *sich erhebend:* Flieh, wenn du willst.

GESTALT IN SCHELLEN Ich werde mich mit Kräutern verteidigen.

GESTALT IN WEINLAUB Versuch dich zu verteidigen. *Pfeift. Ein Kind in rotem Trikot fällt von der Decke.*

KIND Der Kaiser! Der Kaiser! Der Kaiser!

GESTALT IN WEINLAUB Der Kaiser!

GESTALT IN SCHELLEN Ich übernehme deine Rolle. Zeig dich nicht. Es würde mich das Leben kosten.

KIND Der Kaiser! Der Kaiser! Der Kaiser!

GESTALT IN SCHELLEN Alles zwischen uns war ein Spiel. Wir haben gespielt! Und jetzt werde ich dem Kaiser dienen, wobei ich deine Stimme nachahme. Du kannst dich hinter das große Kapitell dort legen. Ich hab es dir noch nie gesagt. Dort ist eine Kuh, die das Essen für die Soldaten kocht.

GESTALT IN WEINLAUB Der Kaiser! Daran ist nichts mehr zu ändern. Du hast den Spinnfaden zerrissen, und ich spüre schon, wie meine großen Füße ganz klein und häßlich werden.

GESTALT IN SCHELLEN Möchtest du etwas Tee? Wo soll ich in dieser Ruine ein warmes Getränk hernehmen?

KIND *auf dem Boden:* Der Kaiser! Der Kaiser! Der Kaiser! *Es erschallt eine Trompete, und der Kaiser der Römer erscheint. Mit ihm kommt ein Zenturio von grauer Hautfarbe in einer gelben Tunika. Hinter ihnen die vier Pferde mit ihren Trompeten. Das Kind geht auf den Kaiser zu. Der nimmt es in die Arme, und sie verschwinden zwischen den Kapitellen.*

ZENTURIO Der Kaiser sucht einen.

GESTALT IN WEINLAUB UND GESTALT IN SCHELLEN Einer... bin ich.

ZENTURIO Welcher von beiden?

GESTALT IN WEINLAUB UND GESTALT IN SCHELLEN Ich.

ZENTURIO Der Kaiser wird herausbekommen, welcher von euch beiden einer ist. Mit einem Messer oder mit einem Qualster. Verflucht seien alle euren Geschlechts! Euretwegen muß ich einen so langen Weg zurücklegen und auf dem Sand schlafen. Meine Frau ist schön wie ein Gebirge. Sie gebärt gleichzeitig aus vier oder fünf Stellen und schnarcht mittags unter den Bäumen. Ich habe zweihundert Kinder und werde noch viel mehr haben. Verflucht sei euer Geschlecht!

Der Zenturio spuckt aus und singt. Man hört einen langgezogenen Schrei hinter den Säulen. Der Kaiser erscheint. Er wischt sich über die Stirn. Er zieht seine schwarzen Handschuhe aus, danach ein Paar rote, und seine Hände erscheinen in klassischem Weiß.

KAISER *mürrisch:* Wer von euch beiden ist einer?

GESTALT IN SCHELLEN Ich bin es, Herr.

KAISER Einer ist einer und immer einer. Ich habe über vierzig Burschen geköpft, die es nicht sagen wollten.

ZENTURIO *ausspuckend:* Einer ist einer und nicht mehr als einer.

KAISER Und es gibt keine zwei.

ZENTURIO Denn wenn es zwei gäbe, würde der Kaiser nicht überall suchen.

KAISER *zum Zenturio:* Zieh sie aus!

GESTALT IN SCHELLEN Ich bin einer, Herr. Der da ist der Bettler der Ruinen. Er nährt sich von Wurzeln.

KAISER Verschwinde.

GESTALT IN WEINLAUB Du kennst mich. Du weißt, wer ich bin. *Sie entledigt sich des Weinlaubs und erscheint als nackte gipsweiße Gestalt.*

KAISER *sie umarmend:* Einer ist einer.

GESTALT IN WEINLAUB Und immer einer. Wenn du mich küßt, werde ich den Mund öffnen und mir dann dein Schwert in den Hals stoßen.

KAISER Das werde ich tun.

GESTALT IN WEINLAUB Und laß meinen liebestrunkenen Kopf in der Ruine, den Kopf von einem, der immer einer war.

KAISER *seufzend:* Einer.

ZENTURIO *zum Kaiser:* Es ist zwar schwer, ihn zu haben, doch da hast du ihn.

GESTALT IN WEINLAUB Er hat ihn, weil er ihn nie wird haben können.

GESTALT IN SCHELLEN Verrat! Verrat!

ZENTURIO Still, alte Ratte. Sohn von einem Besen!

GESTALT IN SCHELLEN Gonzalo! Hilf mir, Gonzalo!

Die Gestalt in Schellen rüttelt an einer Säule, und diese entfaltet sich zu der weißen spanischen Wand der ersten Szene.

Dahinter kommen drei bärtige Männer und der Direktor hervor.

MANN 1 Verrat!

GESTALT IN SCHELLEN Er hat uns verraten!

DIREKTOR Verrat!

Der Kaiser hält die Gestalt in Weinlaub umschlungen.

Vorhang.

Drittes Bild

Ein Wall aus Sand. Links, auf den Wall gemalt, ein durchsichtiger Mond, fast wie aus Gelatine. In der Mitte ein riesiges lanzenförmiges grünes Blatt.

MANN 1 *eintretend:* Nicht das ist es, was jetzt not tut. Nach dem, was geschehen ist, wäre es ungerecht, wenn ich noch einmal zurückkäme, um mit den Kindern zu sprechen und mir die Heiterkeit des Himmels zu betrachten.

MANN 2 Ein schlimmer Ort, dies.

DIREKTOR Habt ihr den Kampf miterlebt?

MANN 3 *eintretend:* Beide mußten sterben. Nie habe ich einem so blutigen Fest beigewohnt.

MANN 1 Zwei Löwen! Zwei Halbgötter!

MANN 2 Zwei Halbgötter, wenn sie keinen After hätten.

MANN 1 Der After ist des Menschen Strafe. Der After ist des Menschen Verderb, ist seine Schande und sein Tod. Die beiden hatten einen After, und keiner von beiden konnte mit der reinen Schönheit der Marmorbilder kämpfen, die glänzen und unter einer makellosen Oberfläche innigste Wünsche hegen.

MANN 3 Wenn der Mond aufgeht, versammeln sich die Kinder vom Lande, um sich den Darm zu entleeren.

MANN 1 Und hinter den Binsen, am kühlen Ufer der stillen Gewässer, haben wir die Spur des Mannes gefunden, durch den die Freiheit der Nackten abscheulich wird.

MANN 3 Beide mußten sterben.

MANN 1 *mit Nachdruck:* Mußten siegen.

MANN 3 Wie?

MANN 1 Indem beide Männer gewesen wären und sich nicht von falschen Gelüsten hätten mitreißen lassen. Indem sie ganz und gar Männer gewesen wären. Kann ein Mann denn je aufhören, ein Mann zu sein?

MANN 2 Gonzalo!

MANN 1 Sie sind besiegt worden, und jetzt ist alles dem Hohn und Spott der Leute preisgegeben.

MANN 3 Keiner der beiden war ein Mann. Wie auch ihr keine Männer seid. Mich ekelt vor euch.

MANN 1 Dahinten, wo das Fest zu Ende geht, ist der Kaiser. Warum gehst du nicht hin und erwürgst ihn? Ich bewundere deinen Mut ebenso wie deine Schönheit. Warum stürzt du dich nicht auf ihn und beißt ihm mit den bloßen Zähnen das Genick durch?

DIREKTOR Warum tust du das nicht?

MANN 1 Weil ich nicht kann, weil ich nicht will, weil ich schwach bin.

DIREKTOR Aber er kann, er will, er ist stark. *Laut.* Der Kaiser ist in der Ruine!

MANN 3 Soll hingehen, wer seinen Atem einatmen will.

MANN 1 Du.

MANN 3 Ich könnte euch nur dazu bringen, wenn ich meine Peitsche hätte.

MANN 1 Du weißt, daß ich dir nicht widerstehen kann, aber ich verachte dich als Feigling.

MANN 2 Als Feigling!

DIREKTOR *Mann 3 anblickend, laut:* Der Kaiser, der unser Blut trinkt, ist in der Ruine.

Mann 3 bedeckt sich das Gesicht mit den Händen.

MANN 1 *auf den Direktor weisend:* Der ist es, erkennst du ihn jetzt? Das ist der tapfere Mann, der uns im Café und im Buch die Adern auf lange Fischgräten wickeln wird. Das ist der Mann, der den Kaiser insgeheim liebt und ihn in den Hafenkneipen sucht. Enrique, sieh dir seine Augen genau an, sieh, was für kleine Weintrauben über seine Schultern kullern. Mich täuscht er nicht. Aber jetzt werde ich den Kaiser töten. Ohne Messer, mit diesen zerbrechlichen Händen, um die mich alle Frauen beneiden.

DIREKTOR Nein, er wird hingehen! Warte etwas.

Mann 3 setzt sich auf einen Stuhl und weint.

MANN 3 Ich würde meinen Wolkenpyjama nicht einweihen können. Ach! Ihr wißt nicht, daß ich ein wunderbares Getränk entdeckt habe, das nur ein paar Neger in Honduras kennen.

DIREKTOR In einem fauligen Sumpf müßten wir stecken, unter dem Schlamm, wo die toten Frösche verwesen, und nicht hier.

MANN 2 *Mann 1 umarmend:* Gonzalo, warum liebst du ihn so?

MANN 1 *zum Direktor:* Ich werde dir den Kopf des Kaisers bringen!

DIREKTOR Das wird für Helena das schönste Geschenk sein.

MANN 2 Bleib hier, Gonzalo, und erlaub, daß ich dir die Füße wasche.

MANN 1 Der Kopf des Kaisers erregt die Körper aller Frauen.

DIREKTOR *zu Mann 1:* Aber du weißt nicht, daß Helena ihre Hände in Phosphor und ungelöschtem Kalk verschönern kann. Geh mit dem Messer! Helena, Helena, meine Liebste!

MANN 3 Meine Liebste, seit jeher. Niemand spreche hier Helenas Namen aus.

DIREKTOR *bebend:* Niemand erwähne ihren Namen. Viel besser, wir beruhigen uns. Wenn wir das Theater vergessen, wird das möglich sein. Niemand spreche ihren Namen aus.

MANN 1 *leise:* Helena.

DIREKTOR *zu Mann 1:* Schweig! Nachher werde ich hinter den Mauern des großen Lagerhauses warten. Schweig.

MANN 1 Ich möchte lieber ein für allemal Schluß machen. Helena! *Will weggehen.*

DIREKTOR *hält ihn zurück:* Hör zu, und wenn ich mich in einen kleinen Jasminzweig verwandelte?

MANN 2 *zu Mann 1:* Gehen wir! Laß dir nichts vormachen. Ich begleite dich zur Ruine.

DIREKTOR *Mann 1 umarmend:* Ich würde mich in eine Anispille verwandeln, eine Pille mit dem Extrakt der Binsen aller Flüsse. Und du wärest ein großes chinesisches Gebirge voller winziger lebendiger Harfen.

MANN 1 *die Augen halb öffnend:* Nicht doch. Dann wäre ich kein chinesisches Gebirge. Ich wäre ein Schlauch mit altem Wein, der die Kehle mit Blutegeln füllt.

Der Direktor und Mann 1 ringen geräuschlos miteinander.

MANN 3 Wir werden sie auseinanderbringen müssen.

MANN 2 Damit sie sich nicht zerfleischen.

MANN 3 Obgleich ich meine Freiheit erlangen würde.

MANN 2 Aber ich würde meinen Tod finden.

MANN 3 Wenn ich einen Sklaven habe…

MANN 2 Dann, weil ich ein Sklave bin.

MANN 3 Aber auch wenn wir beide Sklaven sind, jeder auf seine Art, können wir doch die Ketten sprengen.

MANN 1 Ich werde Helena rufen!

DIREKTOR Ich werde Helena rufen!

MANN 1 Nein, bitte!

DIREKTOR Nein, ruf sie nicht. Ich werde mich verwandeln in was du willst.

Miteinander ringend, verschwinden sie rechts.

MANN 3 Wir können ihnen einen Schubs geben, und sie fallen in den Brunnen. Du und ich wären frei.

MANN 2 Du frei. Ich noch mehr Sklave.

MANN 3 Egal. Ich schubse sie. Ich möchte endlich in meinem grünen Land leben, Hirte sein und Felswasser trinken.

MANN 2 Du vergißt, daß ich stark bin, wenn ich will. Ich war noch ein Kind und habe schon die Ochsen meines Vaters ins Joch gespannt. Auch wenn meine Knochen mit winzigen Orchideen bedeckt sind, habe ich eine Muskelschicht, die ich benutze, wann ich will.

MANN 3 *sanft:* Es ist viel besser für sie und für uns. Los! Der Brunnen ist tief.

MANN 2 Ich lasse dich nicht!

Sie ringen miteinander. Mann 2 stößt Mann 3 von sich, und sie verschwinden auf der gegenüberliegenden Seite. Die Mauer öffnet sich, und man sieht Julias Grab in Verona. Realistische Dekoration. Rosensträucher und Efeu. Mond. Julia liegt im Grab. Sie trägt ein weißes Operngewand, das ihre beiden Brüste aus rosa Zelluloid frei läßt.

JULIA *springt aus dem Grab:* Bitte, bitte! In der ganzen Zeit meiner Verbannung bin ich keiner Freundin begegnet, obgleich ich durch mehr als dreitausend leere Bögen gelaufen bin. Ein wenig Hilfe, bitte. Ein wenig Hilfe und ein Meer aus Schlaf. *Singt.*

Ein Meer aus Schlaf,
ein Meer aus weißer Erde
und die leeren Bögen am Himmel.
Meine Schleppe auf den Meeren, über den Algen,
meine Schleppe durch die Zeit.
Ein Meer aus Zeit.
Strand der Holzfällerwürmer

und Delphin aus Kristall über die Kirschbäume.
O reiner Asbest allen Endes! O Ruine!
O Einsamkeit ohne Bogen! Meer aus Schlaf!

Im Hintergrund der Bühne Schwertergeklirr und Stimmen.

JULIA Immer mehr Leute. Sie werden noch in mein Grab eindringen und mein eigenes Bettchen belegen. Mir sind die Diskussionen über die Liebe oder das Theater gleichgültig. Was ich will, ist lieben.

SCHIMMEL I *erscheint mit einem Schwert in der Hand:* Lieben!

JULIA Ja. Mit einer Liebe, die nur einen Augenblick währt.

SCHIMMEL I Ich habe im Garten auf dich gewartet.

JULIA Du meinst, im Grab.

SCHIMMEL I Du bist noch genauso verrückt, wie du schon immer warst, Julia. Wann wirst du die Vollkommenheit eines Tages bemerken? Eines Tages mit Morgen und Abend.

JULIA Und Nacht.

SCHIMMEL I Nacht ist nicht Tag. An einem Tag wird es dir gelingen, dich von der Angst zu befreien und die kalten Marmorwände zu verscheuchen.

JULIA Wie?

SCHIMMEL I Steig auf meine Kruppe.

JULIA Wozu?

SCHIMMEL I *sich ihr nähernd:* Um dich von hier fortzubringen.

JULIA Wohin?

SCHIMMEL I Ins Dunkle. Im Dunklen gibt es sanfte Zweige. Der Friedhof der Flügel ist tausend Oberflächen dick.

JULIA *bebend:* Und was wirst du mir dort geben?

SCHIMMEL I Ich werde dir das Verschwiegenste vom Dunklen geben.

JULIA Den Tag?

SCHIMMEL I Das Moos ohne Licht, die Berührung, die kleine Welten mit den Fingerspitzen verschlingt.

JULIA Und du wolltest mir die Vollkommenheit eines Tages zeigen?

SCHIMMEL I Um dich der Nacht zu übergeben.

JULIA *wütend:* Aber was habe ich, du blödes Pferd, mit der Nacht zu tun? Was kann ich von ihren Sternen oder ihren Betrunkenen lernen? Ich werde zu Rattengift greifen müssen, um mich der Leute zu erwehren. Aber ich will keine Ratten töten. Sie bringen mir kleine Klaviere und Lackbürsten.

SCHIMMEL I Julia, die Nacht ist kein Augenblick, aber ein Augenblick kann die ganze Nacht währen.

JULIA *weinend:* Schluß jetzt. Ich will nichts mehr hören. Wozu willst du mich von hier fortbringen? Das Wort der Liebe ist Schwindel, ein zerbrochener Spiegel, ein Schritt ins Wasser. Danach würdest du mich wieder im Grab lassen, wie es alle tun, wenn sie die Zuhörer davon zu überzeugen versuchen, daß wahre Liebe unmöglich ist. Ich bin es leid, ich stehe auf und rufe Hilfe herbei, um alle aus meinem Grab hinauszuwerfen, die über mein Herz theoretisieren oder mir mit einer kleinen Pinzette aus Marmor den Mund öffnen.

SCHIMMEL I Der Tag ist ein Phantom, das Platz nimmt.

JULIA Aber ich habe Frauen gekannt, die vor Sonne starben.

SCHIMMEL I Verstehe einen einzigen Tag richtig, und du wirst alle Nächte lieben.

JULIA Alles! Alles! Alles über die Menschen, über die

Bäume, über die Pferde. Alles, was du mir zeigen willst, ist mir bestens bekannt. Der Mond schiebt sanft die unbewohnten Häuser fort, bringt die Säulen zum Einsturz und reicht den Maden winzige Laternen, damit sie ins Innere der Kirschen eindringen können. Der Mond bringt die Maske der Hirnhautentzündung in die Schlafzimmer, füllt die Bäuche der Schwangeren mit kaltem Wasser, und ehe ich mich versehe, wirft er mir Grasbüschel auf die Schultern. Pferd, schau mich nicht mit dieser Begierde an, die ich nur zu gut kenne. Als ich ganz klein war, sah ich auf den Wiesen Veronas die schönen Kühe weiden. Später habe ich sie in meinen Büchern abgebildet gesehen, und ich mußte immer an sie denken, wenn ich an einer Metzgerei vorbeikam.

SCHIMMEL I Liebe, die nur einen Augenblick währt.

JULIA Ja, eine Minute; und Julia lebendig, ganz ausgelassen, ohne den stechenden Schwarm von Lupen. Julia am Anfang; Julia am Stadtrand.

Im Hintergrund der Bühne hört man wieder Stimmengewirr und Schwertergeklirr.

SCHIMMEL I

Liebe. Lieben. Liebe.
Liebe der Schneck, neck, neck,
die holt die Hörner aus dem Versteck.
Lieben. Liebe. Lieben.
Des Pferdes, das leckt
am Salzklumpen.

Tanzt.

JULIA Gestern waren es vierzig, und ich schlief. Die Spinnen kamen, die Mädchen und die von einem Hund vergewaltigte junge Frau, die sich mit Geranien bedeckte, doch ich blieb ruhig. Wenn Nymphen von Käse sprechen, kann der aus Sirenenmilch oder aus Klee sein. Aber heute waren es vier, waren es vier Burschen, die mir einen kleinen Phallus aus Ton verpassen wollten und entschlossen waren, mir mit Tinte einen Schnurrbart zu machen.

SCHIMMEL I

Liebe. Lieben. Liebe.
Liebe von Ginido mit dem Ziegenbock.
und der Mauleselin mit der Schneck,
neck, neck,
die holt die Hörner aus dem Versteck.
Lieben. Liebe. Lieben.
Von Jupiter mit dem Pfau im Stalle
und dem wiehernden Pferd in der
Kathedrale.

JULIA Vier Burschen, Pferd. Seit langem schon vernahm ich den Lärm des Schabernacks, aber ich bin erst erwacht, als die Messer blitzten.

Der Rappe erscheint. Er trägt einen schwarzen Federbusch und hält ein Rad in der Hand.

RAPPE Vier Burschen? Alle Welt. Ein Feld mit Affodill und ein Saatfeld. Die Toten diskutieren weiter und die Lebenden benutzen das Skalpell. Alle Welt.

SCHIMMEL I Am Ufer des Toten Meeres wachsen schöne Äpfel aus Asche, aber die Asche ist gut.

RAPPE O Frische! O Fruchtfleisch! O Tau! Ich esse Asche.

JULIA Nein. Asche ist nicht gut. Wer spricht von Asche?

SCHIMMEL I Ich spreche nicht von Asche. Ich spreche von der Asche in Form eines Apfels.

RAPPE Form! Form! Begierde nach Blut.

JULIA Tumult.

RAPPE Begierde des Blutes und Widerwille des Rades.

Die drei Schimmel erscheinen. Sie tragen lange schwarzlackierte Stöcke.

DIE DREI SCHIMMEL Form und Asche. Asche und Form. Spiegel. Und wer ein Ende finden kann, soll ein Goldplättchen hinlegen.

JULIA *flehentlich:* Form und Asche.

RAPPE Ja. Ihr wißt ja, wie gut ich Tauben köpfen kann. Wenn man Fels sagt, verstehe ich Luft. Wenn man Luft sagt, verstehe ich Leere. Sagt man Leere, verstehe ich geköpfte Taube.

JULIA

Liebe. Lieben. Liebe.
Des Mondes mit der Eierschale,
des Eigelbs mit dem Mond
und der Wolke mit der Eierschale.

DIE DREI SCHIMMEL *mit ihren Stöcken auf den Boden klopfend:*

Liebe. Lieben. Liebe.
Des Kuhfladens mit der Sonne,
der Sonne mit der toten Kuh
und der Käfer mit der Sonne.

RAPPE Sosehr ihr auch die Stöcke schwingt, die Dinge werden sich nicht anders abspielen, als sie sich abspielen müssen. Verdammte, skandalöse Bande! Euretwegen muß ich mehrmals in der Woche im ganzen Wald nach Harz suchen, um das Schweigen, das mir zukommt, zu verstopfen und wiederherzustellen. *Zu Julia, in einschmeichelndem Ton.* Geh, Julia. Ich habe dir Leinenlaken hingelegt. Gleich wird ein feiner, efeubekränzter Regen fallen, der die Himmel und die Wände benetzt.

DIE DREI SCHIMMEL Wir haben drei schwarze Stöcke.

SCHIMMEL I Und ein Schwert.

DIE DREI SCHIMMEL *zu Julia:* Wir müssen durch deinen Leib hindurch, um die Auferstehung der Pferde zu finden.

RAPPE Julia, es ist drei Uhr morgens; wenn du nicht aufpaßt, schließen die Leute die Tür und du kommst nicht mehr hinein.

DIE DREI SCHIMMEL Es bleibt ihr die Wiese und der Horizont von Bergen.

RAPPE Julia, hör nicht auf sie. Auf der Wiese ist der Bauer, der seinen Rotz hinunterschluckt, und der riesige Fuß, der das Mäuschen zerquetscht, und das Heer von Regenwürmern, das das lüsterne Gras mit Schleim überzieht.

JULIA Es bleiben ihr die festen kleinen Brüste, und außerdem hat man schon das Bett erfunden, um mit Pferden zu schlafen.

DIE DREI SCHIMMEL *ihre Stöcke schwingend:* Und wir wollen ins Bett.

SCHIMMEL I Mit Julia. Ich war letzte Nacht im Grab und weiß, was alles passiert ist.

DIE DREI SCHIMMEL *wütend:* Wir wollen ins Bett!

SCHIMMEL I Weil wir richtige Pferde sind, Kutschpferde, die mit ihrem Gemächt das Holz der Krippen und die Stallfenster zerbrochen haben.

DIE DREI SCHIMMEL Zieh dich aus, Julia, und zeig deine Kruppe, damit wir sie mit unseren Schwänzen peitschen. Wir wollen auferstehen!

Julia flüchtet zum Rappen.

RAPPE Du bist verrückt, mehr als verrückt.

JULIA *erholt sich vom Schrecken:* Ich habe keine Angst vor euch. Ihr wollt also mit mir schlafen! Wirklich? Nun, jetzt bin ich es, die mit euch schlafen will, aber ich bestimme, habe die Zügel in der Hand, ich besteige euch, ich stutze euch mit meiner Schere die Mähne.

RAPPE Wer durchdringt wen? O Liebe, Liebe, du mußt mit deinem Licht die dunklen Gluten durchdringen! O Meer, gestützt auf das Halbdunkel, und Blume im Hintern des Toten!

JULIA *mit Nachdruck:* Ich bin keine Sklavin, daß man mir Ahlen aus Ambra in die Brüste sticht, und kein Orakel für die, die vor den Stadttoren vor Liebe zittern. Ich habe nur vom Geruch des Feigenbaums geträumt und von den Lenden des Ährenschnitters. Keiner durchdringt mich! Ich durchdringe euch!

RAPPE Schlaf, schlaf, schlaf!

DIE DREI SCHIMMEL *ergreifen die Stöcke, aus deren Zwingen drei Wasserstrahlen hervorspritzen:* Wir urinieren auf dich, wir urinieren auf dich. Wir urinieren auf dich, wie wir auf die Stuten urinieren, wie die Ziege auf das Maul des Bockes uriniert und der Himmel auf die Magnolien, um sie ledern zu machen.

RAPPE *zu Julia:* An deinen Platz. Damit dich keiner durchdringt.

JULIA Ich soll also still sein? Ein neugeborenes Kind ist schön.

DIE DREI SCHIMMEL Ist schön. Und würde den Schweif über den ganzen Himmel ziehen.

Rechts erscheint Mann 1 mit dem Direktor. Der Direktor tritt wie im ersten Bild als weißer Harlekin auf.

MANN 1 Genug jetzt, meine Herren!

DIREKTOR Theater unter freiem Himmel!

SCHIMMEL 1 Nein. Jetzt haben wir das wahre Theater eröffnet, das Theater unter dem Sand.

RAPPE Damit man die Wahrheit über die Gräber erfährt.

DIE DREI SCHIMMEL Gräber mit Reklame, Gaslicht und langen Sitzreihen.

MANN 1 Ja! Den ersten Schritt haben wir schon getan. Aber ich weiß genau, daß drei von euch sich verbergen, daß drei von euch noch auf der Oberfläche schwimmen.

Die drei Schimmel rücken unruhig zusammen.
Die Peitsche der Kutscher und die Zange der Hufschmiede gewohnt, habt ihr Angst vor der Wahrheit.

RAPPE Wenn sie das letzte Kleid aus Blut abgelegt haben, wird die Wahrheit eine Brennessel sein, ein hinuntergeschlungener Krebs oder ein Stück Leder hinter Glas.

MANN I Sie müssen sofort von hier verschwinden. Sie haben vor dem Publikum Angst. Ich weiß die Wahrheit, ich weiß, daß sie nicht Julia suchen und eine Begierde verbergen, die mich verletzt und die ich in ihren Augen lese.

RAPPE Nicht eine Begierde; alle Begierden. Wie du.

MANN I Ich habe nur eine Begierde.

SCHIMMEL I Wie die Pferde vergißt keiner seine Maske.

MANN I Ich habe keine Maske.

DIREKTOR Es gibt nur Masken. Ich hatte recht, Gonzalo. Wenn wir die Maske übergehen, hängt sie uns an einem Baum auf, wie den Jungen in Amerika.

JULIA *weinend:* Maske!

SCHIMMEL I Form!

DIREKTOR Mitten auf der Straße macht uns die Maske die Knöpfe zu und verhindert die unkluge Schamröte, die manchmal auf unseren Wangen entsteht. Im Schlafzimmer, wenn wir mit den Fingern in der Nase bohren oder sorgfältig unseren Hintern untersuchen, schneidet uns der Gips der Maske derart ins Fleisch, daß wir uns mit Mühe im Bett ausstrecken können.

MANN I *zum Direktor:* Ich habe so lange mit der Maske gekämpft, bis ich dich nackt sah. *Umarmt ihn.*

SCHIMMEL I *spöttisch:* Ein See ist eine Oberfläche.

MANN I *gereizt:* Oder ein Volumen!

SCHIMMEL I *lachend:* Ein Volumen ist tausend Oberflächen.

DIREKTOR *zu Mann 1:* Umarme mich nicht, Gonzalo. Deine Liebe lebt nur vor Zeugen. Hast du mich in der Ruine nicht schon genug geküßt? Ich verachte deine Eleganz und dein Theater.

Sie ringen miteinander.

MANN 1 Ich liebe dich vor den anderen, weil ich die Maske verabscheue und weil ich es fertiggebracht habe, sie dir herunterzureißen.

DIREKTOR Warum bin ich so schwach?

MANN 1 *ringend:* Ich liebe dich.

DIREKTOR *ringend:* Ich bespucke dich.

JULIA Sie kämpfen miteinander!

RAPPE Sie lieben sich.

DIE DREI SCHIMMEL

Liebe, Liebe, Liebe.
Liebe des Einen mit dem Zweiten
und Liebe des Dritten, der erstickt,
um einer zwischen beiden zu sein.

MANN 1 Ich werde dein Skelett ausziehen.

DIREKTOR Mein Skelett hat sieben Lichter.

MANN 1 Ein leichtes für meine sieben Hände.

DIREKTOR Mein Skelett hat sieben Schatten.

DIE DREI SCHIMMEL Laß ihn, laß ihn.

SCHIMMEL 1 *zu Mann 1:* Ich befehle dir, du sollst ihn lassen.

Die Pferde trennen Mann 1 und den Direktor.

DIREKTOR *sehr vergnügt an Schimmel 1 sich schmiegend:* Als Sklave des Löwen kann ich ein Freund des Pferdes sein.

SCHIMMEL 1 *ihn umarmend:* Liebe.

DIREKTOR Ich werde die Hände in die großen Taschen stecken, um die Münzen und die Summen voller Brotkrümel in den Schlamm zu werfen.

JULIA *zum Rappen:* Bitte!

RAPPE *unruhig:* Warte.

MANN 1 Noch ist die Zeit nicht gekommen, da die Pferde einen nackten Menschen mitnehmen, den ich mit vielen Tränen bleich gemacht habe.

Die drei Schimmel halten Mann 1 fest.

MANN 1 *laut:* Enrique!

DIREKTOR Enrique? Hier hast du Enrique. *Er zieht sich schnell das Kostüm aus und wirft es hinter eine Säule. Darunter trägt er ein hauchzartes durchsichtiges Ballett-trikot.*

Hinter der Säule erscheint das Kostüm von Enrique. Diese Person ist derselbe weiße Harlekin mit einer blaß-gelben Gesichtsmaske.

DAS HARLEKINKOSTÜM Ich friere. Elektrisches Licht. Brot. Man hat Gummi verbrannt. *Erstarrt.*

DIREKTOR *zu Mann 1:* Kommst du jetzt nicht mit mir, mit der Wilhelmine der Pferde?

SCHIMMEL 1 Mond und Füchsin, Flasche der kleinen Kneipen.

DIREKTOR Ihr könnt herein, und die Schiffe und die Regimenter, und wenn sie wollen, können die Störche auch herein. So ein Weib bin ich!

DIE DREI SCHIMMEL Wilhelmine!

DIREKTOR Nicht Wilhelmine. Ich bin nicht Wilhelmine, ich bin die Dominga der Negerlein. *Er reißt sich die Schleier vom Leibe und erscheint in einem Trikot voller kleiner Schellen. Er wirft die Schleier hinter die Säule und verschwindet, gefolgt von den Pferden.*

Dann tritt die Person Schleiergewand auf.

SCHLEIERGEWAND Wil-wilhel-wilhelmi-wilhelmine. Nenemi-nemihel-nemihelwil. Laßt mich herein oder laßt mich heraus. *Sinkt schlafend zu Boden.*

MANN 1 Enrique, gib acht auf der Treppe!

DIREKTOR *draußen:* Mond und Füchsin der betrunkenen Matrosen.

JULIA *zum Rappen:* Gib mir das Schlafmittel.

RAPPE Sand.

MANN 1 *schreiend:* In einen Mondfisch, ich möchte nur, daß du ein Mondfisch wirst! Daß du dich in einen Mondfisch verwandelst! *Tritt zornig ab.*

HARLEKINKOSTÜM Enrique. Elektrisches Licht. Brot. Man hat Gummi verbrannt.

Links erscheinen Mann 3 und Mann 2. Mann 2 ist die Frau im schwarzen Pyjama mit dem Kranz aus Klatschmohn von Bild 1. Mann 3 unverändert.

MANN 2 Er liebt mich so sehr, daß er imstande ist, uns zu ermorden, wenn er uns zusammen sieht. Gehen wir. Jetzt werde ich dir für immer dienen.

MANN 3 Deine Schönheit unter den Säulen war herrlich.

JULIA *zu dem Paar:* Wir wollen die Tür schließen.

MANN 2 Die Tür des Theaters wird nie geschlossen.

JULIA Es regnet in Strömen, meine Freundin.

Es beginnt zu regnen. Mann 3 zieht aus der Tasche eine Gesichtsmaske mit feurigem Ausdruck und setzt sie sich auf.

MANN 3 *galant:* Könnte ich nicht zum Schlafen hierbleiben?

JULIA Weshalb?

MANN 3 Um dich zu besitzen. *Sprich mit ihr.*

MANN 2 *zum Rappen:* Haben Sie einen dunkelhaarigen Mann mit schwarzem Bart herauskommen sehen, dessen Lackschuhe ein bißchen quietschen?

RAPPE Ich habe ihn nicht gesehen.

MANN 3 *zu Julia:* Und wer könnte dich besser beschützen als ich?

JULIA Und wer hätte mehr Liebe verdient als deine Freundin?

MANN 3 Meine Freundin? *Wütend.* Immer verliere ich euretwegen. Das ist nicht meine Freundin, das ist eine Maske, ein Besen, ein schwächlicher Sofakissenhund.

Er entkleidet ihn gewaltsam, zieht ihm den Pyjama aus, nimmt ihm die Perücke ab, und es erscheint Mann 2, ohne Bart, im Kostüm des ersten Bildes.

MANN 2 Erbarmen!

MANN 3 *zu Julia:* Ich hatte ihn verkleidet, um ihn vor den Banditen zu schützen. Küß mir die Hand, küß die Hand deines Beschützers.

Der Pyjama mit dem Klatschmohn erscheint. Das Gesicht dieser Person ist weiß, glatt und oval wie ein Straußenei. Mann 3 schiebt Mann 2 rechts hinaus und läßt ihn verschwinden.

MANN 2 Erbarmen!

Der Pyjama setzt sich auf die Treppe und schlägt sich mit den Händen langsam in sein glattes Gesicht. Er tut das bis zum Schluß.

MANN 3 *zieht einen großen roten Umhang aus der Tasche, hängt ihn sich über die Schultern und umschlingt Julia:* Meine Liebe, »sieh den neid'schen Streif, der dort im Ost der Frühe Wolken säumt«. Der Wind zerbricht die Zweige der Zypresse…

JULIA Das stimmt nicht!

MANN 3 …und besucht in Indien alle Frauen, die Hände aus Wasser haben.

RAPPE *dreht das Rad:* Es wird geschlossen!

JULIA Es regnet in Strömen!

MANN 3 Warte, warte. Jetzt singt die Nachtigall.

JULIA *zitternd:* Die Nachtigall, mein Gott! Die Nachtigall…!

RAPPE Daß sie dich nicht überrascht! *Er packt sie und legt sie ins Grab.*

JULIA *einschlafend:* Die Nachtigall…!

RAPPE *hinausgehend:* Morgen komme ich zurück mit dem Sand.

JULIA Morgen.

MANN 3 *am Grab:* Meine Liebe, kehr zurück! Der Wind zerfetzt die Ahornblätter. Was hast du getan? *Umarmt sie.*

STIMME DRAUSSEN Enrique!

HARLEKINKOSTÜM Enrique.

SCHLEIERGEWAND Wilhelmine. Hört endlich auf! *Weint.*

MANN 3 Warte, warte. Jetzt singt die Nachtigall.

Man hört eine Schiffssirene. Mann 3 legt die Maske auf Julias Gesicht und bedeckt ihren Leib mit dem roten Umhang.

Es regnet zu stark. *Er spannt einen Regenschirm auf und geht leise auf Zehenspitzen hinaus.*

MANN 1 *eintretend:* Enrique, wieso bist du zurückgekommen?

HARLEKINKOSTÜM *im gleichen Tonfall:* Enrique, wieso bist du zurückgekommen?

MANN 1 Warum machst du dich über mich lustig?

HARLEKINKOSTÜM Warum machst du dich über mich lustig?

MANN 1 *das Kostüm umarmend:* Du mußtest meinetwegen zurückkommen, meiner unerschöpflichen Liebe wegen, nachdem du das Kraut und die Pferde besiegt hattest.

HARLEKINKOSTÜM Die Pferde…!

MANN 1 Sag mir, sag mir, daß du meinetwegen zurückgekommen bist!

HARLEKINKOSTÜM *mit schwacher Stimme:* Ich friere. Elektrisches Licht. Brot. Man hat Gummi verbrannt.

MANN I *das Kostüm stürmisch umarmend:* Enrique!

HARLEKINKOSTÜM *mit noch schwächerer Stimme:* Enrique...

SCHLEIERGEWAND *mit zarter Stimme:* Wilhelmine...

MANN I *wirft das Kostüm zu Boden und steigt die Treppe hinauf:* Enriqueee!

HARLEKINKOSTÜM *auf dem Boden und ganz matt:* Enriqueeeeee...

Die Gestalt mit dem Gesicht wie ein Ei schlägt sich unaufhörlich mit den Händen auf die Wangen. Außer dem Geräusch des Regens hört man den Gesang der echten Nachtigall.

Vorhang

Fünftes Bild*

In der Mitte der Bühne ein Bett, von vorne und senkrecht, wie von einem naiven Maler; darauf ein roter Nackter mit einer blauen Dornenkrone. Im Hintergrund Bögen und Treppen, die zu den Logen eines großen Theaters hinaufführen. Rechts das Portal einer Universität. Wenn der Vorhang hochgeht, hört man Applaus.

NACKTER Wann seid ihr fertig?

KRANKENPFLEGER *eilt herein:* Sobald der Tumult sich gelegt hat.

NACKTER Was wollen sie?

KRANKENPFLEGER Sie fordern den Tod des Schauspieldirektors.

* Auch im spanischen Original folgt das Fünfte Bild dem Dritten Bild.

NACKTER Und was sagt man über mich?
KRANKENPFLEGER Nichts.
NACKTER Und weiß man etwas von Gonzalo?
KRANKENPFLEGER Man sucht ihn in der Ruine.
NACKTER Ich möchte sterben. Wieviel Glas Blut habt ihr mir abgezapft?
KRANKENPFLEGER Fünfzig. Jetzt werde ich dir die Galle geben, und später, um acht, komme ich dann mit dem Skalpell, um dir die Wunde an der Seite zu vertiefen.
NACKTER Die mit den meisten Vitaminen.
KRANKENPFLEGER Ja.
NACKTER Hat man die Leute unter dem Sand herausgelassen?
KRANKENPFLEGER Im Gegenteil. Die Soldaten und die Ingenieure versperren alle Ausgänge.
NACKTER Wie weit ist es noch bis Jerusalem?
KRANKENPFLEGER Drei Stationen, wenn die Kohle reicht.
NACKTER Vater, laß diesen Kelch an mir vorübergehen!
KRANKENPFLEGER Sei still. Dies ist nun schon das dritte Thermometer, das du zerbrichst.

Die Studenten treten auf. Sie tragen schwarze Umhänge und rote Schärpen.

STUDENT 1 Warum feilen wir nicht die Eisenstäbe durch?
STUDENT 2 Die Gasse ist voll von Bewaffneten, und da ist es schwer, zu fliehen.
STUDENT 3 Und die Pferde?
STUDENT 1 Die Pferde konnten entkommen. Sie haben das Bühnendach durchbrochen.
STUDENT 4 Als ich im Turm eingesperrt war, habe ich gesehen, wie sie zusammen den Hügel hinaufgingen. Der Direktor war bei ihnen.
STUDENT 1 Hat das Theater denn keine Versenkung?

STUDENT 2 Selbst die Versenkung ist vollgepfropft mit Publikum. Wir bleiben besser hier.

Man hört Applaus. Der Krankenpfleger richtet den Nackten im Bett auf und streicht die Kissen glatt.

NACKTER Mich dürstet.

KRANKENPFLEGER Man hat schon jemanden ins Theater geschickt, um Wasser zu holen.

STUDENT 4 Die erste Bombe der Revolution hat dem Rhetorikprofessor den Kopf abgerissen.

STUDENT 2 Zur großen Freude seiner Frau, die jetzt so viel arbeiten wird, daß sie sich an den Zitzen zwei Hähne wird anbringen müssen.

STUDENT 3 Man sagt, daß nachts immer ein Pferd zu ihr auf die Terrasse gestiegen ist.

STUDENT 1 Ausgerechnet sie war es, die durch eine Dachluke des Theaters alles sah, was vor sich ging, und Alarm schlug.

STUDENT 4 Und obgleich die Dichter eine Leiter anlegten, um sie zu ermorden, schrie sie weiter, und alles kam gerannt.

STUDENT 2 Sie heißt?

STUDENT 3 Sie heißt Helena.

STUDENT 1 *beiseite:* Selene.

STUDENT 2 *zu Student 1:* Was ist los mit dir?

STUDENT 1 Ich habe Angst, an die frische Luft zu gehen.

Die beiden Schächer kommen die Treppe herunter. Mehrere Damen in Abendkleidern stürzen aus den Logen. Die Studenten diskutieren.

DAME 1 Ob die Wagen noch vor der Tür stehen?

DAME 2 Wie schrecklich!

DAME 3 Man hat den Schauspieldirektor im Grab gefunden.

DAME 1 Und Romeo?

DAME 4 Den hat man, als wir gingen, gerade entkleidet.

JUNGE 1 Das Publikum will, daß der Dichter von den Pferden zu Tode geschleift wird.

DAME 1 Aber warum? Es war ein köstliches Stück, und die Revolution hat kein Recht, die Gräber zu schänden.

DAME 2 Die Stimmen waren die von Lebenden und ihre Erscheinungen auch. Wozu sollten wir an Skeletten lecken?

JUNGE 1 Sie haben recht. Die Grabesszene war wundervoll in Szene gesetzt. Aber ich habe den Schwindel entdeckt, als ich Julias Füße sah. Sie waren winzig.

DAME 2 Reizend waren sie! Sie werden an ihnen doch nichts auszusetzen haben?

JUNGE 1 Doch, sie waren nämlich zu klein, als daß es hätten Frauenfüße sein können. Sie waren zu vollkommen und zu weiblich. Es waren Männerfüße, Füße, die ein Mann erfunden hat.

DAME 2 Wie schrecklich!

Aus dem Theater dringt Gemurmel und Schwertergeklirr.

DAME 3 Können wir nicht hinaus?

JUNGE 1 In diesem Augenblick nähert sich die Revolution der Kathedrale. Gehen wir über die Treppe.

Sie gehen ab.

STUDENT 4 Der Tumult entstand, als zu sehen war, daß Romeo und Julia sich wirklich liebten.

STUDENT 2 Ganz im Gegenteil. Der Tumult entstand, als man merkte, daß sie sich nicht liebten, daß sie sich niemals würden lieben können.

STUDENT 4 Das Publikum hat genug Spürsinn, um alles aufzudecken, und deshalb hat es protestiert.

STUDENT 2 Genau. Die Skelette haben sich geliebt, sie waren gelb vor Glut, aber die Kostüme haben sich nicht geliebt, und das Publikum hat mehrmals gesehen, daß Julias Schleppe voll ekligem Gewürm war.

STUDENT 4 Die Leute übersehen die Kostüme in den Aufführungen, und die Revolution brach aus, als man die wirkliche Julia geknebelt unter den Sitzen fand, mit Watte zugedeckt, damit sie nicht schreien konnte.

STUDENT 1 Das ist das große Mißverständnis aller, und deshalb liegt das Theater in den letzten Zügen. Das Publikum darf nicht hinter die Seide und die Pappe gucken, die der Dichter in seinem Schlafzimmer aufstellt. Romeo kann ein Vogel sein und Julia ein Stein. Romeo kann ein Salzkorn sein und Julia eine Landkarte. Was geht das das Publikum an?

STUDENT 4 Nichts. Aber ein Vogel kann keine Katze sein und ein Stein keine Sturzsee.

STUDENT 2 Das ist eine Frage der Form, der Maske. Eine Katze kann ein Frosch sein, und der Wintermond kann sehr wohl ein Reisigbündel voller erstarrter Würmer sein. Das Publikum muß beim Wort einschlummern und darf nicht durch die Säule hindurch die blökenden Schafe und die am Himmel ziehenden Wolken sehen.

STUDENT 4 Deshalb ist die Revolution ausgebrochen. Der Direktor hat die Versenkung geöffnet, und die Leute konnten sehen, wie das Gift aus den falschen Adern den wahren Tod vieler Kinder verursacht hat. Nicht die maskierten Formen vermögen das Leben zu erheben, sondern das Haarröhrchen des Barometers hinter ihnen.

STUDENT 2 Aber müssen Romeo und Julia denn unbedingt ein Mann und eine Frau sein, damit die Grabesszene lebendig und herzzerreißend ist?

STUDENT 1 Nicht unbedingt. Das war es ja gerade, was der

Schauspieldirektor mit Geist und Witz hatte zeigen wollen.

STUDENT 4 *ungehalten:* Nicht unbedingt? Dann könnt ihr die Maschinen abstellen und die Weizenkörner auf ein Feld aus Stahl streuen.

STUDENT 2 Und was würde geschehen? Dann werden Pilze kommen, und die Herzschläge würden vielleicht stärker und leidenschaftlicher werden. Jedermann weiß, wie nahrhaft ein Weizenkorn ist, aber keiner weiß, wie nahrhaft ein Pilz ist.

STUDENT 5 *kommt aus der Loge:* Der Richter ist eingetroffen, und bevor sie umgebracht werden, müssen sie die Grabesszene wiederholen.

STUDENT 4 Gehen wir hin. Ihr werdet sehen, daß ich recht habe.

STUDENT 2 Ja. Wir werden die letzte wirklich weibliche Julia im Theater erleben. *Gehen rasch ab.*

NACKTER Vater, vergib ihnen, denn sie wissen nicht, was sie tun.

KRANKENPFLEGER *zu den Schächern:* Warum kommt ihr erst jetzt?

DIE SCHÄCHER Der Inspizient hat sich vertan.

KRANKENPFLEGER Hat man euch die Spritze gegeben?

DIE SCHÄCHER Ja.

Sie setzen sich mit brennenden Altarkerzen ans Fußende des Bettes. Die Bühne liegt im Halbdunkel. Der Inspizient erscheint.

KRANKENPFLEGER Ist dies vielleicht der Augenblick für den Auftritt der Schächer?

INSPIZIENT Ich bitte um Verzeihung, aber man hatte den Bart des Joseph von Arimathia verlegt.

KRANKENPFLEGER Ist im Operationssaal alles vorbereitet?

INSPIZIENT Es fehlen nur noch die Leuchter, der Kelch und die Fläschchen mit Kampferöl.

KRANKENPFLEGER Beeil dich.

Der Inspizient geht ab.

NACKTER Dauert es noch lange?

KRANKENPFLEGER Nein. Es hat schon zum dritten Mal geläutet. Sobald der Kaiser sich als Pontius Pilatus verkleidet hat.

JUNGE 1 *erscheint mit den Damen:* Ich bitte Sie. Sie brauchen deswegen nicht gleich in Panik geraten.

DAME 1 Es ist entsetzlich, wenn man sich im Theater verirrt und den Ausgang nicht findet.

DAME 2 Was mir am meisten Angst gemacht hat, war der Wolf aus Pappe und die vier Schlangen im Blechteich.

DAME 3 Als wir auf den Ruinenberg stiegen, glaubten wir, die Morgenröte zu sehen, aber wir stießen gegen die Vorhänge, und meine silbernen Schuhe sind voller Petroleumflecken.

DAME 4 *lehnt sich an einen der Bögen:* Man führt noch einmal die Grabesszene auf. Sicher wird das Feuer jetzt auch die Türen erfassen, denn wie ich vor einem Augenblick sehen konnte, hatten die Türhüter schon versengte Hände und konnten es nicht eindämmen.

JUNGE 1 Über die Äste des Baums dort können wir einen der Balkone erreichen und von dort aus um Hilfe rufen.

KRANKENPFLEGER *laut:* Wann wird endlich das Signal für den Todeskampf gegeben?

Man hört eine Glocke.

DIE SCHÄCHER *halten die Kerzen in die Höhe:* Heilig. Heilig. Heilig.

NACKTER Vater, ich befehle meinen Geist in deine Hände.

KRANKENPFLEGER Das kommt zwei Minuten zu früh.

NACKTER Aber die Nachtigall hat schon geschlagen.

KRANKENPFLEGER Stimmt. Und die Apotheken haben für den Todeskampf geöffnet.

NACKTER Für den Todeskampf des einsamen Menschen auf den Perrons und in den Zügen.

KRANKENPFLEGER *schaut auf die Uhr, dann laut:* Bringt das Leintuch. Aber paßt gut auf, daß der Wind, der wehen soll, euch nicht die Perücken vom Kopf reißt. Schnell.

DIE SCHÄCHER Heilig. Heilig. Heilig.

NACKTER Es ist vollbracht.

Das Bett dreht sich um seine Achse und der Nackte verschwindet. Auf der Rückseite des Bettes liegt Mann 1, immer noch im Frack und mit schwarzem Bart.

MANN 1 *schließt die Augen:* Agonie!

Das Licht nimmt die stark silbrige Färbung einer Kinoleinwand an. Die Bögen und Treppen im Hintergrund erscheinen in körnigem blauen Licht. Der Krankenpfleger und die Schächer gehen tänzelnd ab, ohne den Rücken zu zeigen. Die Studenten kommen durch einen der Bögen. Sie tragen kleine elektrische Laternen.

STUDENT 4 Das Verhalten des Publikums war abscheulich.

STUDENT 1 Abscheulich. Ein Zuschauer darf nie am Stück mitwirken. Wenn die Leute ins Aquarium gehen, bringen sie ja auch nicht die Seeschlangen, die Wasserratten oder die leprösen Fische um, sondern ihr Blick gleitet über die Scheiben, und so lernen sie.

STUDENT 4 Romeo war ein Mann von dreißig und Julia ein fünfzehnjähriger Junge. Der Protest des Publikums hat gewirkt.

STUDENT 2 Der Direktor hat auf geniale Weise verhindert, daß die Menge der Zuschauer etwas merkte, aber die Pferde und die Revolution haben seine Pläne zunichte gemacht.

STUDENT 4 Sie umzubringen war einfach unstatthaft.

STUDENT 1 Und daß man auch die wirkliche Julia umgebracht hat, die wimmernd unter den Sitzen lag.

STUDENT 4 Aus reiner Neugier, nur um zu sehen, was sie in sich hatten.

STUDENT 3 Und was haben sie konstatiert? Massenhaft Wunden und völlige Verwirrung.

STUDENT 4 Die Wiederholung der Szene war wundervoll, denn ohne Zweifel liebten sie sich mit unermeßlicher Liebe, wenn ich die auch nicht rechtfertigen kann. Als die Nachtigall sang, konnte ich die Tränen nicht mehr zurückhalten.

STUDENT 3 Das ging allen so. Aber dann zogen sie Messer und schwangen Stöcke, denn der Buchstabe war stärker als sie, und wenn die Doktrin ihr Haar löst, kann sie unerschrocken die unschuldigsten Wahrheiten über den Haufen werfen.

STUDENT 5 *fröhlich:* Seht mal, ich habe einen Schuh von Julia ergattert. Als die Nonnen sie ins Leichentuch hüllten, habe ich ihn geklaut.

STUDENT 4 *ernst:* Welche Julia?

STUDENT 5 Welche Julia wohl? Die auf der Bühne, die die schönsten Füße der Welt hatte.

STUDENT 4 *erstaunt:* Aber hast du denn nicht gemerkt, daß die Julia im Grab ein verkleideter Junge war – ein Trick des Direktors – und daß die wirkliche Julia geknebelt unter den Sitzen lag?

STUDENT 5 *bricht in Lachen aus:* Nun, sie gefällt mir! Sie sah sehr schön aus, und wenn sie ein verkleideter Junge war, ist mir das völlig gleich; hingegen hätte ich nicht den Schuh jenes gepuderten Mädchens aufgehoben, das da wie eine Katze unter den Sitzen wimmerte.

STUDENT 3 Und doch hat man sie eben deswegen ermordet.

STUDENT 5 Weil sie verrückt sind. Was mich betrifft, der ich jeden Tag zweimal in die Berge gehe und, wenn ich mein Studium beendet habe, eine riesige Herde Stiere hüten werde, mit denen ich immer wieder kämpfen und siegen muß, ich habe keine Zeit, mir Gedanken darüber zu machen, ob es ein Mann, eine Frau oder ein Kind ist, sie müssen mir nur gefallen und meine Begierde stacheln.

STUDENT 1 Ausgezeichnet! Und wenn ich mich in ein Krokodil verlieben will?

STUDENT 5 Dann verliebst du dich eben.

STUDENT 1 Und wenn ich mich in dich verlieben will?

STUDENT 5 *wirft ihm den Schuh zu:* Dann verliebst du dich eben auch, ich lasse dich und trage dich auf den Schultern die Felsen hinauf.

STUDENT 1 Und wir zerstören alles.

STUDENT 5 Die Dächer und die Familien.

STUDENT 1 Und wo man von Liebe spricht, treten wir mit Fußballstiefeln ein und schleudern Schlamm an die Spiegel.

STUDENT 5 Und wir verbrennen das Buch, aus dem die Priester die Messe lesen.

STUDENT 1 Gehen wir! Gehen wir bald!

STUDENT 5 Ich habe vierhundert Stiere. Mit den Hanfstrikken, die mein Vater gedreht hat, koppeln wir sie an die Felsen, damit die sich spalten und ein Vulkan entsteht.

STUDENT 1 Freude! Freude der Jungen, und der Mädchen, und der Frösche, und der kleinen Holzklötze!

INSPIZIENT *erscheint:* Meine Herren, Vorlesung über darstellende Geometrie.

MANN 1 Agonie.

Halbdunkel auf der Bühne. Die Studenten knipsen ihre Laternen an und betreten die Universität.

INSPIZIENT *mürrisch:* Tun Sie den Fensterscheiben nichts zuleide.

STUDENT 5 *flieht mit Student 1 durch die Bögen:* Freude! Freude! Freude!

MANN 1 Agonie. Einsamkeit des Menschen im Schlaf voller Fahrstühle und Züge, wo du mit unfaßlicher Geschwindigkeit fährst. Einsamkeit der Gebäude, der Straßenekken, der Strände, wo du nie mehr auftauchen wirst.

DAME 1 *auf der Treppe:* Schon wieder dieselbe Dekoration? Es ist grauenhaft!

JUNGE 1 Irgendeine Tür wird die richtige sein!

DAME 2 Bitte, lassen Sie meine Hand nicht los!

JUNGE 1 Sobald es Tag wird, orientieren wir uns an den Dachfenstern.

DAME 3 Mir wird langsam kalt in diesem Kleid.

MANN 1 *mit schwacher Stimme:* Enrique, Enrique!

DAME 1 Was war das?

JUNGE 1 Still!

Die Bühne ist dunkel. Die Laterne des Jungen 1 beleuchtet das Gesicht des toten Mannes 1.

Vorhang

Solo des dummen Hirten

Blauer Vorhang. In der Mitte ein großer Schrank voller weißer Masken mit verschiedenem Ausdruck. Vor jeder Maske ein kleines Licht. Der dumme Hirt kommt von rechts. Er ist in rohe Felle gekleidet und trägt auf dem Kopf einen Trichter voller Vogelfedern und Rädchen. Spielt einen Leierkasten und tanzt langsam dazu.

DER HIRT

Der dumme Hirt, er hütet die Masken,
die Masken
der Bettler und der Poeten,
die da morden die Lämmergeier
sobald die fliegen über die Weiher.
Maske
der Kinder, die sich rammeln
und unter einem Pilz vergammeln.
Masken der Adler,
der Adler auf Krücken.
Maske der Maske
aus kretischem Gips, zum Entzücken,
die, als man Julia wollt ermorden,
zu lila Wolle ist geworden.
Rate, rätsle, rate mal,
ein Theater ohne Sperrsitze
und ein Himmel voller Stühle
mit der Leere einer Maske.
Blökt, Masken, blökt, blökt.

Die Masken blöken wie Schafe, und eine hustet.

Die Pferde fressen den Pilz
und verfaulen unter dem Wetterhahn.
Die Adler onanieren stramm
und suhlen sich unterm Kometen im
  Schlamm.
Und der Komet verschlingt den
  Lämmergeier,
der des Dichters Brust linierte.

Blökt, Masken, blökt, blökt!
Europa reißt sich ab jede Zitze,

Asien steht da ohne Sperrsitze
und Amerika ist ein Krokodil,
das hat der Maske schon zuviel.
Das Musikchen, das Musiklein
der Stacheln und Stiche und der Feile
klein.

Schiebt den Schrank, der Räder hat, weg und verschwindet. Die Masken blöken.

Sechstes Bild

Dieselbe Dekoration wie im ersten Bild. Links liegt ein großer Pferdekopf am Boden. Rechts an der Wand ein riesiges Auge und eine Baumgruppe mit Wolken. Der Schauspieldirektor tritt zusammen mit dem Zauberkünstler auf. Der Zauberkünstler trägt einen Frack, einen weißen Umhang aus Atlasseide, der ihm bis zu den Füßen reicht, und einen Zylinder. Der Direktor trägt denselben Anzug wie im ersten Bild.

DIREKTOR Ein Zauberkünstler kann diese Angelegenheit nicht klären, auch kein Arzt, kein Astronom, niemand. Es ist sehr einfach, die Löwen loszulassen und dann Schwefel auf sie regnen zu lassen. Sprechen Sie nicht weiter!

ZAUBERKÜNSTLER Sie, ein Mann der Maske, scheinen vergessen zu haben, daß wir einen dunklen Vorhang benutzen.

DIREKTOR Wenn die Leute im Himmel sind; aber sagen Sie, was für einen Vorhang kann man an einem Ort benutzen, wo die Luft so ungestüm ist, daß sie den Menschen die

Kleider vom Leibe reißt, und selbst die Kinder kleine Klappmesser bei sich haben, um die Vorhänge aufzuschlitzen?

ZAUBERKÜNSTLER Natürlich setzt der Vorhang des Zauberkünstlers voraus, daß in der Dunkelheit des Tricks Ordnung herrscht, aber warum haben Sie auch eine triviale Tragödie gewählt und kein originelles Drama geschaffen?

DIREKTOR Um auszudrücken, was tagtäglich in allen großen Städten und auf dem Lande geschieht, und zwar anhand eines einmaligen Falles, der trotz seiner Originalität von allen akzeptiert wird. Ich hätte ebensogut Ödipus oder Othello wählen können. Hätte ich dagegen den Vorhang vor der originalen Wahrheit hochgehen lassen, wären die Zuschauer im Parkett von der ersten Szene an mit Blut befleckt worden.

ZAUBERKÜNSTLER Hätten Sie »Lieb-im-Müßiggang« benutzt, die Shakespeare in seiner Angst ironisch im »Sommernachtstraum« verwandt hat, wäre die Vorstellung wahrscheinlich ein Erfolg geworden. Wenn die Liebe reiner Zufall ist und Titania, die Elfenkönigin, sich in einen Esel verliebt, wäre es auch nichts Besonderes, wenn nach dem gleichen Verfahren Gonzalo in der »music hall« mit einem weißgekleideten Jungen auf den Knien zechen würde.

DIREKTOR Ich flehe Sie an, hören Sie endlich auf!

ZAUBERKÜNSTLER Machen Sie einen Bogen aus Draht, einen Vorhang und einen Baum mit frischen Blättern, ziehen Sie den Vorhang rechtzeitig auf und zu, und niemand wird sich wundern, daß der Baum sich in ein Schlangenei verwandelt. Aber Sie wollten die Taube ermorden und an ihrer Stelle einen Marmorbrocken voll geschwätzigem Speichel zurücklassen.

DIREKTOR Es war unmöglich, etwas anderes zu machen. Meine Freunde und ich haben den Tunnel unter dem Sand gegraben, ohne daß die Leute der Stadt etwas merkten. Viele Arbeiter und Studenten haben uns geholfen, auch wenn sie jetzt trotz der Wunden an den Händen leugnen, gearbeitet zu haben. Als wir das Grab erreichten, haben wir den Vorhang hochgezogen.

ZAUBERKÜNSTLER Was für ein Theater kann schon aus einem Grab entstehen?

DIREKTOR Jedes Theater entsteht aus dumpfer Schwüle. Jedes wahre Theater hat einen penetranten Geruch nach verfaultem Mond. Wenn die Kostüme sprechen, sind die lebendigen Personen bereits Knochenknöpfe an den Mauern des Kreuzwegs. Ich habe den Tunnel gegraben, um die Kostüme an mich zu bringen und durch sie die Umrisse einer verborgenen Macht zu zeigen, andernfalls das Publikum gar nicht umhin könnte, ganz selig und von der Handlung unterjocht, zuzuhören.

ZAUBERKÜNSTLER Ich verwandle ohne die geringste Mühe eine Tintenflasche in eine abgehackte Hand voll alter Ringe.

DIREKTOR *ungehalten:* Aber das ist Lüge! Das ist Theater! Wenn ich drei Tage lang mit den Wurzeln und dem Platzregen gekämpft habe, so um das Theater zu zerstören.

ZAUBERKÜNSTLER Das wußte ich.

DIREKTOR Und zu demonstrieren, daß Romeo und Julia, wenn Sie mit dem Tode kämpfen und sterben, lächelnd wiedererwachen, sobald der Vorhang gefallen ist, wohingegen meine Personen den Vorhang verbrennen und in Gegenwart der Zuschauer wirklich sterben. Die Pferde, das Meer, das Heer der Gräser haben das verhindert. Doch eines Tages, wenn alle Theater niedergebrannt werden, wird man auf den Sofas, hinter den Spiegeln und in den Pokalen aus vergoldeter Pappe unsere Toten versammelt finden, die das Publikum dort eingesperrt hat. Man muß das Theater zerstören oder im Theater leben! Aus den Fenstern pfeifen gilt nicht! Und wenn die Hunde winseln, muß man kurzerhand den Vorhang hochziehen. Ich habe einmal einen Menschen gekannt, der kehrte sein Dach und putzte seine Dachfenster und Geländer, um dem Himmel schönzutun.

ZAUBERKÜNSTLER Wenn du eine Stufe höher steigst, wird dir der Mensch wie ein Grashalm vorkommen.

DIREKTOR Nicht wie ein Grashalm, aber wie ein Seefahrer.

ZAUBERKÜNSTLER Ich kann einen Seefahrer in eine Nähnadel verwandeln.

DIREKTOR Eben das macht man im Theater. Deshalb habe ich es gewagt, ein höchst verzwicktes poetisches Spiel zu schaffen, in der Hoffnung, daß die Liebe voller Ungestüm die Kostüme zerreißt und ihnen einen neuen Zuschnitt gibt.

ZAUBERKÜNSTLER Wenn Sie Liebe sagen, wundere ich mich.

DIREKTOR Sie wundern sich, worüber?

ZAUBERKÜNSTLER Ich sehe eine Sandlandschaft in einem trüben Spiegel.

DIREKTOR Und was noch?

ZAUBERKÜNSTLER Daß es nie recht Tag werden will.

DIREKTOR Das ist möglich.

ZAUBERKÜNSTLER *mürrisch, trommelt mit den Fingerspitzen auf den Pferdekopf:* Liebe.

DIREKTOR *setzt sich auf den Tisch:* Wenn Sie Liebe sagen, wundere ich mich.

ZAUBERKÜNSTLER Sie wundern sich, worüber?

DIREKTOR Ich sehe, wie jedes Sandkorn sich in eine höchst lebendige Ameise verwandelt.

ZAUBERKÜNSTLER Und was noch?

DIREKTOR Daß es alle fünf Minuten Nacht wird.

ZAUBERKÜNSTLER *blickt ihn starr an:* Das ist möglich. *Pause.* Doch was kann man von Leuten erwarten, die das Theater unter dem Sand eröffnen? Machten Sie diese Tür auf, alles hier würde sich mit Fleischerhunden, Verrückten, Regen, scheußlichen Blättern und Kanalratten füllen. Wer ist je auf den Gedanken verfallen, man könne alle Türen eines Dramas aufbrechen?

DIREKTOR Alle Türen aufzubrechen ist die einzige Möglichkeit des Dramas, sich zu rechtfertigen, sieht es doch mit eigenen Augen, daß das Gesetz eine Mauer ist, die sich beim kleinsten Blutstropfen zersetzt. Mir ist der Moribund zuwider, der mit dem Finger eine Tür auf die Wand malt und beruhigt einschläft. Das wahre Drama ist ein Zirkus aus Bögen, wo die Luft, der Mond und die Lebewesen ein und aus gehen, ohne einen Platz zum Ausruhen zu haben. Sie befinden sich hier in einem Theater, wo man authentische Dramen aufgeführt hat und wo ein Kampf stattfand, der allen Darstellern das Leben gekostet hat. *Weint.*

DIENER *stürzt herein:* Herr Direktor.

DIREKTOR Was ist los?

Das Harlekinkostüm tritt ein und eine schwarzgekleidete Frau, das Gesicht mit einem so dichten Tüllschleier verhüllt, daß man es nicht sehen kann.

FRAU Wo ist mein Sohn?

DIREKTOR Welcher Sohn?

FRAU Mein Sohn Gonzalo.

DIREKTOR *ungehalten:* Als die Vorführung zu Ende war,

ist er eiligst in die Versenkung der Bühne hinabgestiegen, mit diesem Jungen da, den Sie bei sich haben. Später hat ihn der Inspizient auf dem Himmelbett in der Requisitenkammer liegen sehen. Mich dürfen Sie nicht fragen. Heute liegt all das unter der Erde.

HARLEKINKOSTÜM *weinend:* Enrique.

FRAU Wo ist mein Sohn? Die Fischer brachten mir heute morgen einen riesigen Mondfisch, der ganz blaß und verfault war, und riefen aus: Hier hast du deinen Sohn! Da dem Fisch unaufhörlich etwas Blut aus dem Maul rann, lachten die Kinder und malten damit ihre Schuhsohlen rot an. Als ich die Haustür schloß, hörte ich, wie die Marktleute ihn zum Meer hinunter schleppten.

HARLEKINKOSTÜM Zum Meer hinunter.

DIREKTOR Die Vorführung ist schon seit Stunden beendet, und ich trage für das, was geschehen ist, keine Verantwortung.

FRAU Ich werde Anzeige erstatten und öffentlich Gerechtigkeit fordern. *Will hinausgehen.*

ZAUBERKÜNSTLER Dort können Sie nicht hinaus.

FRAU Sie haben recht. Das Foyer ist völlig dunkel. *Will durch die Tür rechts hinausgehen.*

DIREKTOR Dort auch nicht. Sie würden aus den Dachfenstern fallen.

ZAUBERKÜNSTLER Wollen Sie die Güte haben, meine Dame, ich werde Sie hinausbegleiten. *Er nimmt seinen Umhang ab und umhüllt damit die Frau. Er macht zwei, drei beschwörende Gesten, zieht am Umhang, und die Frau ist verschwunden.*

Der Diener schubst das Harlekinkostüm links hinaus. Der Zauberkünstler zieht einen großen weißen Fächer hervor und beginnt sich zu fächeln, wobei er leise vor sich hin singt.

DIREKTOR Mir ist kalt.

ZAUBERKÜNSTLER Wie bitte?

DIREKTOR Ich sagte, mir ist kalt.

ZAUBERKÜNSTLER *sich fächelnd:* Ein schönes Wort: kalt.

DIREKTOR Vielen Dank für alles.

ZAUBERKÜNSTLER Nichts zu danken. Wegzaubern ist leicht. Schwer ist es, etwas herbeizuzaubern.

DIREKTOR Und etwas zu ersetzen noch viel schwerer.

DIENER *tritt ein:* Es ist etwas kalt. Soll ich die Heizung anmachen?

DIREKTOR Nein. Man muß alles aushalten, denn wir haben die Türen aufgebrochen und das Dach abgehoben, und jetzt bleiben uns nur noch die vier Wände des Dramas.
Der Diener geht durch die Mitteltür hinaus.
Aber das macht nichts. Noch ist weiches Gras zum Schlafen da.

ZAUBERKÜNSTLER Zum Schlafen!

DIREKTOR Letztlich heißt schlafen: säen.

DIENER Herr Direktor. Ich halte die Kälte nicht aus.

DIREKTOR Ich habe dir gesagt, daß wir sie aushalten müssen, wir dürfen uns nicht durch jeden Trick unterkriegen lassen. Tu deine Pflicht. *Der Direktor zieht sich die Handschuhe an und schlägt sich fröstelnd den Frackkragen hoch.*
Der Diener geht hinaus.

ZAUBERKÜNSTLER *sich fächelnd:* Aber ist Kälte denn was Schlimmes?

DIREKTOR *mit schwacher Stimme:* Kälte ist ein dramatisches Element wie jedes andere.

DIENER *erscheint zitternd an der Tür, die Hände über der Brust gekreuzt:* Herr Direktor!

DIREKTOR Was?

DIENER *fällt auf die Knie:* Das Publikum ist da.

DIREKTOR *schlägt mit dem Gesicht auf den Tisch:* Es soll hereinkommen!

Der Zauberkünstler sitzt neben dem Pferdekopf, pfeift und fächelt sich vergnügt. Die ganze linke Ecke der Dekoration teilt sich, und es erscheint ein Himmel mit länglichen Wolken, grell beleuchtet. Langsam und in Abständen regnet es weiße steife Handschuhe.

STIMME *draußen:* Herr Direktor.

STIMME *draußen:* Was.

STIMME *draußen:* Das Publikum.

STIMME *draußen:* Es soll hereinkommen.

Man hört die Stimme immer schwächer und entfernter. Der Zauberkünstler schwenkt den Fächer heftig durch die Luft. Es beginnen Schneeflocken auf die Bühne zu fallen.

Langsam senkt sich der Vorhang.

Komödie ohne Titel

Aus dem Spanischen übertragen
von Rudolf Wittkopf

Personen
in der Reihenfolge ihres Erscheinens

AUTOR
ZUSCHAUER 1
STIMME · DIENER
ZUSCHAUERIN 1
JUNGER MANN · INSPIZIENT
SCHAUSPIELERIN
NIK-BOTTON
ZUSCHAUERIN 2 · ZUSCHAUER 2
SCHWARZGEKLEIDETER MANN
HOLZFÄLLER
BÜHNENARBEITER · ARBEITER
FRAU 1
ZUSCHAUER 3 · ZUSCHAUERIN 3
FEE · ELF

Grauer Vorhang

AUTOR Meine Damen und Herren, ich lasse den Vorhang nicht hochgehen, um das Publikum mit einem Wortspiel zu erheitern oder mit einem Panorama, wo man ein Haus sieht, in dem nichts passiert und worauf das Theater seine Scheinwerfer richtet, um zu unterhalten und euch glauben zu machen, *das* sei das Leben. Nein. Der Dichter, dessen fünf Sinne allesamt in bester Verfassung sind, wird euch heute abend nicht zu seiner Freude, sondern zu seinem Bedauern einen kleinen Zipfel der Wirklichkeit zeigen.
In aller Bescheidenheit möchte ich darauf hinweisen, daß nichts erfunden ist. Engel, Schatten, Stimmen, Leiern aus Traum und Schnee gibt es wirklich und fliegen unter euch umher, sie sind genauso wirklich wie die Wollust, das Kleingeld, das ihr in der Tasche habt, der latente Krebs im schönen Busen der Frau oder die müde Lippe des Kaufmanns.
Ihr kommt ins Theater mit dem einzigen Bedürfnis, euch zu vergnügen, und ihr habt Autoren, die ihr bezahlt, und das ist recht so; aber heute bringt euch der Dichter in eine Zwangslage, weil er es darauf abgesehen hat, eure Herzen zu bewegen, indem er die Dinge zeigt, die ihr nicht sehen wollt, und die simpelsten Wahrheiten herausschreit, die ihr nicht hören wollt.
Warum? Wenn ihr an Gott glaubt und ich an ihn glaube, warum fürchtet ihr dann den Tod? Und wenn ihr an den Tod glaubt, warum dann diese Grausamkeit, diese

Gleichgültigkeit gegenüber dem furchtbaren Leid eurer Mitmenschen?

Hahaha! Ihr werdet sagen, das sei eine Predigt. Und wenn, ist eine Predigt denn was Häßliches? Fast alle, die mir zuhören, haben die Haustür hinter sich zugeschlagen, haben ihren Vater oder ihre Mutter verlassen, als diese sie zu ihrem Besten tadelten, und jetzt würden sie alles, selbst ihre Augen dafür geben, die verklungenen sanften Stimmen wieder zu hören. Eben jetzt. Aber die Wirklichkeit sehen ist schwer. Und sie zeigen, noch viel schwerer. Man predigt in der Wüste. Aber sei's drum.

Zumal euch Städtern, die ihr in der armseligsten und traurigsten aller Phantasien lebt. Das einzige, was ihr tut, ist Mittel und Wege zu finden, um nichts zu empfinden. Wenn der Wind heult, spielt ihr elektrisches Klavier, um nicht zu verstehen, was er sagt; um den endlosen Strom von Tränen ringsumher nicht zu sehen, verhängt ihr die Fenster mit Spitzengardinen; um ruhig schlafen zu können und das ständige Zirpen des Gewissens zum Schweigen zu bringen, erfindet ihr die Armenhäuser.

Eine Predigt! Ja, eine Predigt! Warum sollen wir immer ins Theater gehen, um zu sehen, was geschieht, und nicht, was mit uns geschieht? Der Zuschauer ist zufrieden, weil er weiß, daß sich das Stück um ihn nicht kümmert; aber wie schön wäre es, wenn man ihn plötzlich von den Brettern aus anriefe und ihn zum Sprechen brächte und die Sonne der Bühne dem hinterhältigen Kerl in sein bleiches Gesicht schiene!

Nun beginnt die Wirklichkeit, denn der Autor möchte nicht, daß ihr euch im Theater fühlt, sondern mitten auf der Straße; und er will deshalb auch nicht Dichtung, Rhythmus, Literatur machen, sondern euren Herzen eine kleine Lektion erteilen, denn darum ist er ja Dichter, jedoch überaus bescheiden. Jeder kann das. Der Autor versteht Verse zu schreiben, meiner Meinung nach hat er recht gute geschrieben, und er ist kein schlechter Theatermann, aber gestern sagte er mir, jede Kunst wäre zur Hälfte Künstelei, die ihn jetzt störe, und er habe keine Lust, mit dem Duft weißer Lilien anzukommen oder mit der gewundenen Säule, die von goldenen Tauben beschmutzt ist. *Klatscht in die Hände.* Würden Sie mir eine Tasse Kaffee bringen?

Es fällt ein Vorhang, auf dem Häuser und Unrat gemalt sind. Pause.

Schön starken. *Er setzt sich. Man hört Geigen.* Der Geruch weißer Lilien ist angenehm, aber der Geruch des Meeres ist mir lieber. Ich könnte sagen, daß der Geruch des Meeres den Brüsten der Sirenen entströmt, und noch tausend andere Dinge, aber das wäre dem Meer einerlei, und es hört es auch nicht, es klatscht nur weiterhin an die Küsten in Erwartung neuer Ertrunkener, und das ist es, was den Menschen angeht. Doch wie soll man den Geruch des Meeres in einen Theatersaal bringen, oder wie überschwemmt man den Zuschauerraum mit Sternen?

ZUSCHAUER I *im Parkett:* Indem man das Dach abnimmt.

AUTOR Unterbrechen Sie mich nicht!

ZUSCHAUER I Ich habe ein Recht darauf. Ich habe meinen Platz bezahlt!

AUTOR Seinen Platz bezahlt zu haben, gibt einem noch nicht das Recht, den, der spricht, zu unterbrechen, und noch weniger, ein Urteil über das Stück zu fällen.

ZUSCHAUER I Durchaus.

AUTOR Mag es Ihnen gefallen oder nicht gefallen, applaudieren Sie oder lehnen Sie es ab, aber urteilen Sie nie.

ZUSCHAUER I Das einzige Gesetz des Theaters ist das Urteil des Zuschauers.

Ein Mann in rotem Trikot mit dem Kopf eines Wolfes läuft auf die Bühne zu. Er vollführt zwei Sprünge und schlägt mitten auf der Bühne hin.

AUTOR Wer ist da? Oh, Sie haben sich weh getan! Aber kommen Sie hier nicht wieder vorbei. Ich muß es Ihnen streng verbieten.

STIMME Lorenzo! Mein Lorenzo!

Der Wolf geht ab, angestrahlt und verfolgt von einem Scheinwerfer.

ZUSCHAUER I Miserabel!

AUTOR Haben Sie die Güte zu schweigen.

ZUSCHAUER I Ich habe bezahlt, um Theater zu sehen.

AUTOR Wie? Wie? Theater? Wir sind hier nicht im Theater.

ZUSCHAUER I Nein?

AUTOR *heftig:* Nein, mein Herr. Sie haben einfach nur Angst. Da Sie mich kennen, wissen Sie, daß ich die Wände niederreißen will, damit wir die da draußen weinen oder morden oder mit fauligem Bauch schnarchen hören, Leute, die nicht einmal wissen, daß es das Theater gibt, und das entsetzt Sie. Gehen Sie doch! Zu Hause wartet die Lüge auf Sie, da haben Sie Ihren Tee, das Radio und eine Frau, die, wenn sie sich Ihnen hingibt, an den jungen Fußballspieler denkt, der in der Villa gegenüber wohnt.

ZUSCHAUER I Wenn wir nicht wären, wo wir sind, würde ich hinaufkommen und Sie ohrfeigen.

AUTOR Ich würde Ihnen die andere Backe hinhalten. Feigling.

DIENER Der Kaffee.

ZUSCHAUER I Ich habe ein zu enges Verhältnis zur Wirklichkeit, um mir etwas daraus zu machen.

AUTOR Hahaha! Der Wirklichkeit. Wissen Sie, was die Wirklichkeit ist? Hören Sie sie. Das Holz der Särge von allen, die sich hier im Saal befinden, ist schon zugeschnitten. Es gibt vier Särge, die hinter Fenstern auf vier Personen warten, die mir gerade zuhören, und es gibt vielleicht einen Sarg, vielleicht einen, der schon im Morgengrauen, kurz nachdem Sie diesen überaus lebendigen Ort verlassen haben, nicht mehr leer sein wird.

ZUSCHAUER I Ich bin nicht hergekommen, um Lektionen in Moral zu erhalten oder unangenehme Dinge zu hören. Sie können von Glück reden, daß wir in Spanien sind, einem Land, das sich für den Tod begeistert. In England hätte man Sie schon ausgepfiffen. Ich gehe jetzt. Ich hatte gedacht, ich wäre im Theater.

AUTOR Wir sind nicht im Theater. Denn man wird die Türen aufsprengen. Und wir alle werden gerettet. Hier drinnen herrscht ein fürchterliches Klima der Lüge, und die Personen in den Dramen sagen nur, was sie laut vor schwachen Damen aussprechen können, verschweigen aber wahres Leid. Deshalb will ich keine Schauspieler, sondern Männer und Frauen aus Fleisch und Blut, und wer nicht hören will, soll sich die Ohren zuhalten.

ZUSCHAUER I Gehen wir, Liebste. Dieser Mensch wird am Ende noch Obszönitäten sagen.

ZUSCHAUERIN I Ich möchte nicht gehen. Die Handlung interessiert mich.

AUTOR Sie wollen damit sagen, daß das Leben Sie interessiert. Das unglaubliche Leben, das es im Theater eben nicht gibt. Vor einigen Tagen konnte ich ein paar Freunden als Tränendrüsentest eine packende Szene vorführen, die Ihr Gatte nicht glauben würde. In einem kleinen Zimmer starb eine Frau vor Hunger. Ihre beiden ebenfalls hungrigen Kinder spielten zärtlich mit den Händen der Toten, als wären sie zwei gelbe Brote. Als die Nacht kam, entblößten die Kinder die Brüste der Toten und schliefen auf ihnen ein, nachdem sie eine Dose Schuhcreme gegessen hatten.

ZUSCHAUER I Wie übertrieben!

AUTOR Luis weiß, daß ich die reine Wahrheit sage.

ZUSCHAUER I So, jetzt gehen wir aber!

ZUSCHAUERIN I Stell dich doch nicht so an. Im Theater ist alles Lüge.

AUTOR Es ist keine Lüge! Es ist wahr!

ZUSCHAUERIN I Nun, wenn es wahr ist, dann gehen wir. Wie gräßlich! Wie widerwärtig!

ZUSCHAUER I *hinausgehend, zum Platzanweiser:* Rufen Sie mir ein Taxi!

ZUSCHAUERIN I Wie konntest du zulassen, daß man vor mir solche Dinge sagt! Es war wahr! Und warum hat man sie nicht sofort festgenommen?

ZUSCHAUER I Komm schon! Ich wußte doch, daß dir schlecht werden würde! *Gehen hinaus.*

JUNGER MANN *im Frack, im Parkett:* Wenn es so weitergeht, wird man ihn allein lassen.

AUTOR Oh! Sie waren hier?

JUNGER MANN Ja, Ihr Experiment interessiert mich sehr.

STIMME *drinnen:* Lorenzo! Mein Lorenzo!

AUTOR Sie gestatten. *Wendet sich dem Diener zu, der die Tasse Kaffee hält.*

JUNGER MANN Ich glaube, diese Leute werden ihn nicht gewähren lassen. Wie ist Theater doch so schön! Was werden Sie mit den Silberpokalen, mit den Hermelinpelzen tun?… Diese Stimme, die zweimal zu hören war, bewegt mich viel mehr als die wahre Stimme der Todesangst…

AUTOR All das ist aus dem Theater bereits verschwunden. *Zum Diener.* Warum bringen Sie so wenig Kaffee und so schlechten?

DIENER Ich habe ihn aus Versehen verschüttet. Es war völlig dunkel, und ich bin mit Fischern zusammengestoßen, die mit Bleifischen auf dem Kopf sangen. Dann haben sich Schleier auf mich herabgesenkt, Schleier voller Fliegen, und ein alter Mann sagte mir, das sei Nebel. Ich bin sowas nicht gewohnt und habe es mit der Angst bekommen.

AUTOR Angst vor gemalten Dingen.

DIENER In meinem Café, da ist es hell.

AUTOR Und da erschreckst du dich nicht.

DIENER Nein, mein Herr.

AUTOR Kommen da viele Betrunkene hin?

DIENER Ja.

AUTOR Und reden?

DIENER Sie reden, was Betrunkene so reden. Gestern haben sie ein Kind und einen großen Truthahn mitgebracht, um zu sehen, wer zuerst betrunken sein würde. Dem Kind haben sie Cognac gegeben und dem Truthahn Anislikör mit Tabakkrümeln. Wir haben schrecklich gelacht. Das Kind war zuerst betrunken und ist mit dem Kopf gegen die Wände gerannt. Dem Truthahn haben sie dann mit einer Rasierklinge den Kopf abgeschnitten. Und haben ihn verspeist.

JUNGER MANN Da sehen Sie's. Diesem Jungen würden bei einer gut erzählten Liebesgeschichte die Tränen kommen. Man braucht das Theater! Sie werden scheitern!

AUTOR Warum hast du das nicht verhindert?

DIENER Ich muß freundlich sein zu den Gästen.

AUTOR Und du hast keine Angst gehabt?

DIENER *lacht:* Was soll ich vor einem Kind und einem Truthahn Angst haben? Als sie ihm den Kopf abschnitten, haben sie ihm in den offenen Schnabel noch ein Glas Anislikör gekippt. Sie brauchten fast eine halbe Stunde, weil die Rasierklinge stumpf war.

AUTOR Sei still!

DIENER Entsetzt Sie das? Da sollten Sie erst mal den Karneval sehen! Letztes Jahr kam ein Betrunkener und spielte Geige. Ich muß immer noch lachen, wenn ich daran denke. Wissen Sie, was das für eine Geige war? Eine rücklings auf ein Waschbrett gekreuzigte Katze, und der Bogen war ein großes Dornenbündel, und wenn er damit über das Tierchen fuhr, miaute es laut, und das diente als Musik für den Tanz zweier piekfein, ja, in Satin gekleideter Frauen; eine als Pierrot und die andere als Kolombine.

JUNGER MANN Singen Sie ihm ein rührseliges Lied vor, und Sie werden sehen, wie die Tränen kullern!

AUTOR Wollen Sie mich in Ruhe lassen?

JUNGER MANN Ich möchte Sie ja nur darauf aufmerksam machen. Die sich für intelligent halten, nennen das Barbarei, andere: Verirrungen, und drehen sich auf die andere Seite, um besser einschlafen zu können.

AUTOR Man muß sie wachrütteln und ihnen die Augen öffnen, auch wenn sie nicht wollen.

JUNGER MANN Wozu?

AUTOR Damit sie sehen.

JUNGER MANN Und Sie können sicher sein: eben aus dem Schlaf erwacht, mit den noch schlaffen Saiten eines konventionellen Bewußtseins, würde die Hälfte von ihnen das Dornenbündel haben wollen und mit Vergnügen auf dem gekreuzigten Tier herumkratzen.

DIENER Und sie täten sehr gut daran. Katzen sind gefährlich, kratzen Kinder und sind nicht treu.

AUTOR *zum jungen Mann:* Ich will niemanden bessern. Ich will nur, daß die Leute die Wahrheit sagen. Und der da sagt sie in aller Öffentlichkeit.

JUNGER MANN Zur Hälfte.

AUTOR Klar, denn noch ist sie schlecht beleuchtet. Man braucht Scheinwerfer, die so stark sind, daß sie das Herz derer, die reden, verbrennen und zerstören. *Zum Diener.* Sie können gehen.

Der Diener geht ab.

Wendet sich nach links. Nein! Ich hab gesagt, du sollst nicht hereinkommen. Ich will dich nicht sehen. Ich hab die Lügen satt!

DIENER *eintretend:* Mein Herr.

AUTOR Was?

DIENER Hätten Sie die Güte, den Angestellten zu sagen, sie sollen das Licht einschalten?

AUTOR Wozu?

DIENER Damit ich hinausfinde.

AUTOR Gehen Sie den Gang entlang, heben Sie links hinten den Vorhang hoch und durchqueren Sie den Raum für die Proben; dann gelangen Sie über eine Treppe auf die Straße.

DIENER Aber...

AUTOR Los, gehen Sie!

DIENER Aber ich habe Angst. Ich muß über den Nebel springen, der auf dem Boden liegt, und außerdem hocken im Dachfenster zwei große Vögel.

AUTOR Man schalte das Licht an!... Sie werden sehen, da ist nichts. Nur Schleier und bemalte Vorhänge.

DIENER Ja, ja, aber sie sehen echt aus.

AUTOR Und wenn sie das wären?

DIENER Ah! Wenn sie echt wären, dann bräuchte man nur auf sie zu schießen...

JUNGER MANN Bravo! Natürlich! *Der Diener geht ab. Man hört drei starke Schläge, und es fällt ein Vorhang, auf dem ein unwahrscheinlicher Palast gemalt ist.*

INSPIZIENT *tritt ein:* Herr Regisseur, kommen Sie nicht zur Probe?

AUTOR Nein. Was wird denn geprobt?

INSPIZIENT »Ein Sommernachtstraum«.

AUTOR Die Leute können bei »Othello« weinen und bei »Der Widerspenstigen Zähmung« lachen, aber den »Sommernachtstraum« verstehen sie nicht und lachen darüber. Trotzdem ist es besser, wenn sie nicht verstehen. Kennen Sie die Handlung dieses Stückes?

INSPIZIENT Ich bin nur ein Inspizient. Ich kann sie nicht so richtig wiedergeben.

AUTOR Es ist eine düstere Handlung.

INSPIZIENT Ich finde sie sehr lustig.

AUTOR Ist sie aber nicht. Alles in dem Stück ist darauf angelegt zu beweisen, daß die Liebe, welcher Art sie auch sei, ein Zufall ist und keineswegs von uns abhängt. Die Menschen schlafen, kommt der Elf Puck, läßt sie an einer Blume riechen, und beim Aufwachen verlieben sie sich in die erstbeste Person, die vorbeikommt, obgleich sie vor dem Schlaf jemand anderen liebten. So verliebt sich die Elfenkönigin Titania in einen Bauern mit einem Eselskopf. Das ist eine schreckliche Wahrheit, und eine vernichtende Wahrheit kann zum Selbstmord führen, aber die Welt braucht heute mehr denn je tröstliche, erhebende Wahrheiten. Nicht an sich selbst soll man denken, sondern an die anderen. Ich gehe nicht zur Probe.

INSPIZIENT Wie sollen wir den Wind nachmachen, der in der Waldszene wehen muß?

AUTOR Wie ihr wollt. Indem ihr mit geschlossenem Mund

singt. Laß mich in Frieden. Es ist das letzte Mal, daß ich ein Theater betrete.

SCHAUSPIELERIN *tritt als Titania gekleidet auf:* Lorenzo! Lorenzo! Warum kommst du nicht? Ich kann ohne dich nicht arbeiten. Wenn ich mir nicht den Sonnenaufgang ansehe, den ich so liebe, und nicht barfuß durchs Gras laufe, so nur, um dir zu folgen und bei dir in diesem Keller zu sein.

AUTOR *schroff:* Wo hast du diesen Satz gelernt? In welchem Stück sprichst du ihn?

SCHAUSPIELERIN In keinem. Ich sage ihn zum ersten Mal.

AUTOR Du lügst. Wenn der Körper, den du hast, dir gehörte, würde ich dich peitschen, um zu sehen, ob du die Wahrheit gesagt hast.

SCHAUSPIELERIN Lorenzo.

AUTOR Du bildest dir ein, weil du als Titania gekleidet bist, wirst du mich bezirzen, aber du irrst. Morgen wirst du dich als Bettlerin kleiden oder als »grande dame«, und ein andermal wirst du die Schlange in der Fabel irgendeines verlogenen Dichters sein.

SCHAUSPIELERIN Ich weiß nur, daß ich dich liebe. Ich möchte, daß du mich peitschst, damit du siehst, wie meine Haut rosa wird; ich möchte, daß du mir einen Stichel in die Brust stößt, damit du einen Blutstrahl herausschießen siehst. Hahaha! Und wenn du Blut magst, trinkst du's und gibst mir ein bißchen davon ab.

AUTOR Du lügst!

SCHAUSPIELERIN Klar! Ich lüge! *Umarmt ihn.* Ich bin hier allein, und trotzdem trägst du mich in jedem Auge anders und ganz klein. Wenn der Schnee vor dem Feuer flieht, wie kannst du deine kalten Zähne in dieser Glut deiner Lippen tragen? Ich lüge! Ich wollte, du wärest einer von diesen grauen Hengsten, die bei Tagesanbruch in der Dunkelheit der Ställe die Stuten aufsuchen. Nein, nein.

AUTOR Laß mich!

SCHAUSPIELERIN Hahaha! Du bist ein Bär. Du glaubst nichts von all dem, was ich sage? So erdrücke mich doch, und du wirst sehen, wie ich an deiner behaarten Brust sterbe. Gestern noch mochte ich seidig nackte Haut. Jetzt mag ich Roßhaar, schmutzige Vororte und die Hütte des Schäfers.

AUTOR Glaub nicht, daß ich dich mitnehme, weil du diese Neigungen hast. Ich werde es nicht dulden. Ich gehe ja nur fort, um vor dir zu fliehen, vor deiner Gesellschaft, vor deiner Unstetigkeit.

SCHAUSPIELERIN Kann ich denn keine häßliche Frau sein, wie du sie suchst, eine Aussätzige, und dich begleiten? Ja. Du gehörst mir. Ach, wolltest du doch begreifen, wie gern ich mit dir in einem Krankenhaus sterben würde!

AUTOR Du würdest mir nie die Wahrheit sagen.

SCHAUSPIELERIN Auch sonst niemand. Aber ich würde dir die schönste Lüge vorsingen. Ich mag zwar auch die Wahrheit – nur für eine Minute, die Wahrheit ist häßlich –, doch wenn ich sie sage, wirft man mich aus dem Theater. Ich habe Lust, mich ans Publikum zu wenden und ihm in der lyrischsten Szene plötzlich ein Schimpfwort zuzuschreien, das allerschmutzigste, hahaha. Aber ich liebe meine Smaragde, und die würde man mir wegnehmen.

AUTOR *wütend:* Raus hier! Raus!

SCHAUSPIELERIN Ach, du willst mich wirklich peitschen? Ich weiß schon, du magst Titania nicht. Sie ist eine Elfe, und Elfen gibt es nicht. Aber Lady Macbeth, die ja. *Sie nimmt die weiße Perücke ab und läßt ihr schwarzes Haar im Winde wallen. Legt einen langen weißen Umhang ab und zeigt sich in einem feuerroten Kleid.*

Der Vorhang im Hintergrund geht hoch und es erscheint ein anderer, auf dem ein düsteres Kloster aus Naturstein mit Zypressen und phantastischen Bäumen gemalt ist.

Lady Macbeth, ja, und außerdem fürchtest du dich jetzt vor mir.

Das Licht wird langsam zu blauem Mondlicht.

Weil ich schön bin, weil ich ewig lebe, weil ich von Blut gesättigt bin. Gesättigt von echtem Blut! Über dreitausend Jünglinge sind, von meinen Augen verbrannt, im Laufe der Zeit gestorben. Jünglinge, die lebten, und die ich in ihren Betten vor Liebe dahinschmachten sah.

AUTOR In welchem Buch hast du diese Passage gelesen? Du bist nur eine Schauspielerin, eine verachtenswerte Schauspielerin!

SCHAUSPIELERIN Eine Komödiantin, die sich nach dir verzehrt, Lorenzo! Die dich anfleht, sie nicht zu verlassen.

AUTOR *schreit:* Mehr Licht, bitte, und ziehen Sie diese Vorhänge hoch!

SCHAUSPIELERIN Jawohl. Rotes Licht, rotes Licht, damit man meine Hände voller Blut sieht. Man hat Mondlicht gemacht, ich möchte dir die Schlußszene vorspielen.

Rotes Licht.

AUTOR *zu den Beleuchtern:* Haben Sie mich verstanden?

SCHAUSPIELERIN Ruhe! Du wirst gar nicht anders können als mich lieben. Das Blut, das auf die Erde fließt, wird zu Schlamm. Was geht es mich an, wenn die Soldaten sterben? Aber wenn es in den Kelch einer Hyazinthe fließt, verwandelt es sich in den köstlichsten Wein.

Man hört Schüsse.

AUTOR Was ist los? Schalten Sie volles Licht ein! Beleuchten Sie das Foyer!

Nik-Botton überquert die Bühne mit dem Eselskopf in der Hand.

NIK-BOTTON Es ist entsetzlich! Kommen Sie! Drinnen werden wir sicher sein!

Man hört die Schüsse näher.

ZUSCHAUERIN 2 *sitzt mitten im Parkett:* Gehen wir! Ich hab Angst, die Kinder sind allein zuhaus!

ZUSCHAUER 2 Die Straßen müssen vom Militär gesperrt sein, man würde uns nicht durchlassen.

INSPIZIENT *auf der Bühne:* Sie scheinen näherzukommen. Das ganze Foyer ist voller Menschen.

STIMME Es lebe die Revolution!

Die Schauspielerin hat sich rasch einen Regenmantel übergezogen und ihr Haar unter einem grauen Filzhut verborgen.

SCHAUSPIELERIN Schließen Sie die Türen, schließen Sie zu!

AUTOR Man soll sie öffnen! Das Theater gehört allen! Es ist die Schule des Volkes!

SCHAUSPIELERIN Nein, hier kommen sie nicht herein. Sie werden das herrliche Theater zertrümmern, die Buchattrappen, den Spiegel aus feinstem Glas. Sie werden Zaubertränke wegschütten, die man jahrhundertelang aufbewahrt hat, und sie werden die Regenmaschine kaputtmachen.

AUTOR Sie sollen alles zertrümmern.

SCHAUSPIELERIN Geliebter, sie werden die Bühne unbrauchbar machen!

AUTOR *zum Inspizienten:* Ich habe gesagt, man soll die Türen öffnen. Ich will nicht, daß echtes Blut an den Wänden der Lüge vergossen wird.

INSPIZIENT Gut, wie Sie befehlen. Aber die Ökonomie? Was wird mit der Ökonomie des Theaters?

AUTOR *wütend:* Was meinen Sie mit Ökonomie?

INSPIZIENT Das ist ein Mysterium, an das ich glaube und das alle vernünftigen Menschen respektieren.

AUTOR Zum Teufel mit der Ökonomie! Hören Sie? Hören Sie?

INSPIZIENT *zitternd:* Ja. Geben Sie mir bitte etwas Watte, damit ich mir die Ohren zustopfe!

AUTOR Es ist ein Rauschen des lebendigen Blutes!

SCHAUSPIELERIN Guck nicht hinaus, Lorenzo! Eine Kugel könnte dich töten!

AUTOR *sarkastisch:* Wo bleibt Lady Macbeth?

SCHAUSPIELERIN Lady Macbeth kann nicht sprechen, wenn eine Brandung von Kugeln die Rosen in den Gärten niederstreckt.

SCHWARZGEKLEIDETER MANN *tritt ein:* Sie haben recht. Schießpulver tötet die Poesie.

AUTOR Oder rettet sie!

MANN Hart durchgreifen! Hart durchgreifen! Machen wir eine große Rose aus Rebellenköpfen! Schmücken wir die Fassaden, die Laternen, die Säulengänge tausendjähriger Baukunst mit Girlanden aus Zungen, die das Bestehende zerstören wollen.

Ein Holzfäller mit ganz weißem Gesicht tritt auf. Er hat ein Reisigbündel auf der Schulter und eine Laterne in der Hand.

HOLZFÄLLER Die Aufständischen scheinen sich zurückzuziehen.

MANN Jawohl! Man muß sie besiegen!

AUTOR Wer sind Sie?

MANN Ich. Der Besitzer des Theaters. Hart durchgreifen! Das Gute, Wahre und Schöne müssen heute ein Gewehr in den Händen halten.

HOLZFÄLLER Sehr richtig!

AUTOR Warum sagst du sehr richtig? Wieviel verdienst du?

HOLZFÄLLER Ein paar Münzen. Genug fürs Brot. Aber das einzige, was ich will, ist, daß man mich in Ruhe meine Rolle spielen läßt.

Eine Narde kann Stern oder Schnee sein.
Der Nachthimmel ein zerrissenes Tuch.
Zirpe die Zikade oder sause der Wind,
wichtig allein ist der Augen Schlaf.

AUTOR Was für eine Rolle spielst du?

HOLZFÄLLER Ich bin Shakespeares Mond.

AUTOR Aber nicht hier!

HOLZFÄLLER Immer. Versuch mich zu begraben, und du wirst sehen, wie ich wieder hervorkomme!

Man hört zwei Kanonenschüsse.

INSPIZIENT *tritt ein:* Die Truppen greifen jetzt auf dem großen Platz an.

Geht ab. Zuschauerin 2 und Zuschauer 2, die vorher im Parkett saßen, treten auf.

ZUSCHAUERIN 2 Das ist die Revolution, Enrique. Die Revolution!

ZUSCHAUER 2 Besteht Gefahr, daß die Kugeln hier einschlagen?

HOLZFÄLLER Nicht im geringsten, aber dort werden Sie sicherer sein. Schlimm wird es nur, wenn Flugzeuge kommen! Aber mir ist das letzten Endes egal. Das sagt schon meine Rolle.

Die Luft ist meinem Oktobermond
weder Vogel noch Pfeil noch Seufzer.
Die Menschen werden schlafen. Das Gras stirbt.
Nur das Silber meines Ringes lebt!
Du, der du unter Wasser bist, bleib immer dort!
Die feuchten *Vergißmeinnicht* frieren.

Obgleich das Blut die Dächer färbt,
wird es nicht den Glanz meines Gewands
beflecken.

Weinend. Es ist ein schönes Lied, das sie mich vielleicht nie mehr singen lassen werden!

ZUSCHAUERIN 2 Was sagen Sie?

NIK-BOTTON *tritt ein:* Ich habe vier Flugzeuge gesehen!

ZUSCHAUERIN 2 Ach, meine Kinder! Meine Kinder! Sicher stürmen sie das Haus, und da sie mit der Gouvernante und den Dienern allein sind, werden sie sie umbringen!

STIMME *in der ersten Reihe des Olymp:* Die Arbeiter haben sowas nie getan und werden es auch nie tun!

ZUSCHAUER 2 *zum Publikum:* Sie haben es getan!

AUTOR *zum Zuschauer 2:* Sie lügen!

ZUSCHAUER 2 In einer Revolution vor vielen Jahren haben sie dreihundert Kindern die Augen ausgerissen, darunter einigen Säuglingen.

AUTOR Wer hat Ihnen das erzählt? Welcher infame Mensch hat seine Zunge mit diesem Alptraum besudelt? Antworten Sie!

ZUSCHAUER 2 Mäßigen Sie sich und sprechen Sie mit Anstand, wie es sich für einen Herrn gebührt.

AUTOR Ich bin kein Herr und will auch keiner sein. Ich bin ein Moribund Gottes.

ZUSCHAUER 2 Schnickschnack.

ZUSCHAUERIN 2 *ängstlich an ihren Mann sich klammernd:* Enrique! Enrique!

ZUSCHAUER 2 Ich weiß es ganz genau. Ein befreundeter Journalist war Zeuge der Tat, ein großer Journalist! Und als Beweis brachte er zwei lebendige blaue Augen mit, die er in einem Lackkästchen jedermann zeigte.

INSPIZIENT *tritt ein:* Gleich werden die Flugzeuge mit dem Bombardement beginnen!

ZUSCHAUERIN 2 Meine Kinder! Ach, meine Kinderchen! *Zum Autor.* Vor allem der Kleine, der kann ohne mich nicht sein. Er ist blond und kommt mich jeden Morgen mit einem englischen Lied wecken. Er kann ohne mich nicht sein!

ZUSCHAUER 2 Wenn die Nacht kommt, wird sie ihm fehlen, denn trotz ihres Standes zieht sie selbst ihn aus!

ZUSCHAUERIN 2 Und sie werden sie umbringen, mein Gott, sie werden sie umbringen!

BÜHNENARBEITER *tritt aus dem Dunkel:* Haben Sie keine Angst, gnädige Frau. Ich werde hingehen. Ich werde den Kugeln ausweichen und ihnen sagen, daß Sie in Sicherheit sind.

AUTOR Du willst hinausgehen?

BÜHNENARBEITER Ja.

AUTOR Ich werde aus der Dachluke schauen.

SCHAUSPIELERIN *von hinten:* Lorenzo! Setz dich keiner Gefahr aus! Halte die Gefahr von deinem wunderbaren Talent fern! *Tritt hinten ab.*

BÜHNENARBEITER Wenn ich sehe, daß keine Gefahr besteht, bringe ich sie zu Ihnen. Sie sind Eltern, ich kann Ihre Angst verstehen. Wenn das so weitergeht, dann ist der Keller des Theaters der sicherste Ort in der Stadt.

ZUSCHAUERIN 2 Ja, gehen Sie, gehen Sie!

BÜHNENARBEITER Machen Sie sich keine Sorgen. *Geht.*

ZUSCHAUERIN 2 Wer ist der Mann?

HOLZFÄLLER Ein Kulissenschieber.

ZUSCHAUER 2 Wie heißt er?

HOLZFÄLLER Seine Kollegen nennen ihn »der verrückte Bakunin«.

ZUSCHAUERIN 2 Wir müssen ihm helfen. Ich würde ihm alles geben, was ich habe. Warum hast du nach seinem Namen gefragt?

ZUSCHAUER 2 Darum. *Beiseite.* Um ihn später anzuzeigen. *Schreibt in ein Notizbuch.*

Man hört den Beginn des Bombardements. Alle drücken sich schweigend an die Wand. Der Autor ist eine Treppe hinaufgestiegen, und man sieht ihn nicht.

STIMME *vom Olymp:* Schuft!

ZUSCHAUER 2 Du bist im Dunkel, aber ich werde das Dunkel ausleuchten und dich in Ketten legen. Ich gehöre zum Heer Gottes und kann auf Seine Hilfe zählen. Wenn ich sterbe, werde ich Ihn in Seiner Herrlichkeit schauen, und Er wird mich lieben. Mein Gott verzeiht nicht. Er ist der Gott der Armeen, dem man unbedingt Ehrfurcht bezeigen muß, denn es gibt keine andere Wahrheit.

HOLZFÄLLER Pressen Sie sich gegen die Wand, schützen Sie sich! Wir sind mitten im Bombenangriff.

ZUSCHAUER 2 Ich habe keine Angst. Gott ist mit mir!

STIMME Ich glaube nicht an deinen Gott!

ZUSCHAUER 2 Weiß ich, aber Unkraut rottet man so aus! *Holt eine Taschenlampe hervor und richtet sie auf den Olymp, der beleuchtet wird.*

ARBEITER *im Monteuranzug, hebt die Arme:* Genossen! *Im ganzen Theater wird es hell.*

ZUSCHAUER 2 *kalt:* Ah! Ein stattlicher Bursche! *Zieht eine Pistole und schießt. Der Arbeiter stürzt mit einem Schrei zu Boden.*

FRAU 1 Er hat ihn erschossen!

FRAU 2 Mörder! Mörder!

ZUSCHAUER 2 Die Platzanweiser sollen diese Leute, die die Vorführung stören, hinauswerfen! *Macht die Taschenlampe aus, und der ganze Saal ist wieder dunkel.* Ein schöner Fang. Gott wird es mir danken. Gepriesen sei Er in Seiner allerheiligsten Rache. Es gibt nur einen einzigen Gott!

JUNGER MANN *im Parkett, laut auflachend:* Einen einzigen Gott, klar, und Mohammed ist sein Prophet! Warum schießen Sie nicht auf mich? Da wir mitten in der Revolution sind, wird Ihnen nichts passieren.

ZUSCHAUER 2 Mit Juden und anderen Finsterlingen muß man vorsichtiger sein.

JUNGER MANN Mit Verlaub. Ich bin kein Jude. Ich bin Mohammedaner.

ZUSCHAUER 2 Haben Sie keine Angst vor dem Bombardement?

JUNGER MANN Weniger als Sie. Ich möchte gern sterben, um eine Million Konkubinen zu haben. Die Frauen hier sind teuer.

ZUSCHAUER 2 *blickt erst zur einen und dann zur anderen Seite, bevor er zu sprechen beginnt:* Sehr teuer, aber der Tag wird kommen, und ich glaube, er ist nah, da wir sie so billig bekommen wie früher. Meine Vorfahren hatten sie paarweise.

JUNGER MANN Glückliche Zeiten! Übrigens gratuliere ich Ihnen, ich sehe, Sie sind ein großartiger Schütze!

ZUSCHAUER 2 Ich hatte einen deutschen Leutnant als Lehrer, der alle Kriege in Afrika mitgemacht hat. Sein einziges Ziel war der Mensch. Einen Vogel zu töten, fand er abscheulich.

JUNGER MANN *senkt die Stimme:* War ein großartiger Schuß. Ging er ins Herz?

ZUSCHAUER 2 Hätte ich das Herz getroffen, hätte er einen Luftsprung gemacht; er ist hintübergefallen, ohne den Mund aufzutun. Es traf ihn mitten in die Stirn.

Großer Lärm eines Bombardements dringt auf die Bühne.

ZUSCHAUERIN 2 Enrique, Enrique. Komm hierher. Schnell. Bitte.

ZUSCHAUER 2 Es besteht doch keine Gefahr! *Geht zu seiner Frau.*

Das Bombardement wird stärker. Lichter in allen Farben beleuchten die Bühne. Im Hintergrund überquert die Bühne eine Gruppe von Personen in Feen- und Elfenkostümen, die einen Verwundeten tragen.

ZUSCHAUER 3 Ein guter Treffer. Ah, Sie waren dabei?

JUNGER MANN Ja! Ich denke wie Sie… laut.

ZUSCHAUER 3 Nicht leise.

JUNGER MANN Leise bin ich ganz Ihrer Meinung, aber ich halte mich da lieber heraus. Ich bin kein Freund der Hochjagd. Jetzt, wo wir beide wissen…

ZUSCHAUER 3 Still!

JUNGER MANN Ich werde Sie nicht verraten. Ich schweige lieber.

Heftiges Bombardement setzt ein.

BÜHNENARBEITER *kommt herein:* Alle in den Keller; ist ein sicherer Ort. In den Keller!

Ein Vorhang fällt herab, auf dem eine Mauer aus großen Quadersteinen gemalt ist.

ZUSCHAUERIN 3 Meine Kinder, meine Kinder, meine kleinen Kinder!

HOLZFÄLLER Dicht an die Wände!

Eine Gruppe von Feen und Elfen, die einen verwundeten Arbeiter tragen, überquert die Bühne.

FEE Er ist aus einer Dachluke gestürzt.

ELF Wickenblüte, stütz ihm den Kopf.

ARBEITER *sterbend:* Es lebe die Revolution!

FEE Wir bringen ihn in die Garderobe.

ELF Gib mir ein Taschentuch!

FEE Schnell! Rasch! *Treten ab.*

ZUSCHAUERIN 2 Meine Kinder! Meine Kinder!

SCHAUSPIELERIN Ich kann es nicht mehr hören, wie falsch sie schreit. Ihre Stimme klingt so unnatürlich, daß sie einem wirklich nicht zu Herzen geht. Nicht so, sondern so: Meine Kinder, meine Kinder, meine kleinen Kinder! Haben Sie gehört? Meine kleinen Kinder! Und die Hände vorgestreckt, mit einem Zittern, als wären sie zwei Blätter in einem fieberheißen Wind.

BÜHNENARBEITER *tritt ein:* Das Volk hat die Türen aufgebrochen!

Zuschauer 2 will seine Pistole ziehen, seine Frau hält ihn zurück.

AUTOR *tritt ein:* Hierher, hierher! Sagt die Wahrheit über die alten Bühnen. Erdolcht die alten Diebe des Öls und des Brotes. Der Regen soll die Schnürböden durchnässen und die Bemalung der Soffitten abwaschen.

STIMME Das Feuer!

STIMME *weiter entfernt:* Das Feuer!

AUTOR *hinausgehend:* Und das Feuer!

Das Theater wird rot beleuchtet.

SCHAUSPIELERIN *tritt ein, laut:* Lorenzo! *Leise und zitternd:* Lorenzo!

Vorhang

Inhalt